23

histórias de um viajante

23

histórias de um viajante

MARINA COLASANTI

global
editora

© Marina Colasanti, 2003

1ª Edição, Global Editora, São Paulo 2005
7ª Reimpressão, 2024

Jefferson L. Alves – diretor editorial
Cecilia Reggiani Lopes – seleção e edição
Ana Cristina Teixeira – assistente editorial
Flávio Samuel – gerente de produção
Marina Colasanti – ilustrações
Ana Cristina Teixeira e Cláudia Eliana Aguena – revisão
Eduardo Okuno e Mauricio Negro – projeto gráfico

Dados Internacionais de Catalogação na Publicação (CIP)
(Câmara Brasileira do Livro, SP, Brasil)

Colasanti, Marina
    23 histórias de um viajante / Marina Colasanti;
[ilustrações Marina Colasanti] – 1. ed. – São Paulo : Global, 2005.

    Bibliografia.
    ISBN 978-85-260-0988-2

    1. Contos brasileiros I. Colasanti, Marina. II. Título.

05-2306   CDD-869.93

Índices para catálogo sistemático:

1. Contos: Literatura brasileira   869.93

Obra atualizada conforme o
NOVO ACORDO ORTOGRÁFICO DA LÍNGUA PORTUGUESA

Global Editora e Distribuidora Ltda.
Rua Pirapitingui, 111 – Liberdade
CEP 01508-020 – São Paulo – SP
Tel.: (11) 3277-7999
e-mail: global@globaleditora.com.br

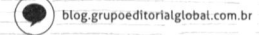

grupoeditorialglobal.com.br   @globaleditora
/globaleditora   @globaleditora
/globaleditora   /globaleditora
blog.grupoeditorialglobal.com.br

Nº de Catálogo: **2567**

SUMÁRIO

Tão altas as muralhas ao redor daquelas terras. Altas como despenhadeiros, escuras como rochas. Quem mora atrás daquelas muralhas? Um moço príncipe e sua pequena corte. Por que tão altas, se é pouca a gente? Porque o moço tem medo.

Viu seu avô voltar ensanguentado da batalha. Viu seu pai ser abatido em torneio. Viu feridas abertas nos corpos dos seus tios. A história da sua coroa foi escrita mais com a espada que com a pena. E a espada plantou o medo no seu coração.

Assim que teve idade para mandar, ordenou que se erguesse a muralha. E a quis de tal altura, que o dia demorou mais a chegar ao seu castelo.

Muralhas não bastam para deter o medo, lhe disseram os anciãos do Conselho. Não precisavam ter dito. O príncipe sabia disso todas as noites, quando o sol o abandonava no fundo daquele imenso poço, e todas as manhãs, quando, surgindo por cima da escura crista de pedra, lhe entregava um novo dia em que tudo estava por acontecer.

E então, numa dessas manhãs, o destino parou diante da muralha. Vinha a cavalo, trazia um escudo pendurado na sela, arma nenhuma. Uma pele de bicho lhe rodeava os ombros, na fresta das pálpebras apertadas seu olhar brilhava cor de âmbar. Não era o destino do príncipe. Ia em demanda de outra pessoa a quem havia sido atribuído e que, sem saber, o aguardava. Porém, encontrando seu caminho impedido por aquela barragem, tivera que parar. Sequer estava diante de um dos grandes portões.

A passo, o cavaleiro começou a percorrer a muralha, buscando um ponto de entrada.

Mas já havia sido visto. De sentinela em sentinela a notícia daquela presença correu pela alta aresta, mensageiros foram enviados com urgência ao castelo. E o príncipe logo soube, um estrangeiro bordejava suas defesas.

Quando o destino de olhos amarelos chegou diante dos grandes batentes, estava sendo esperado pelo lado de dentro. Bateu. Uma mínima seteira foi aberta.

– Quem bate? – perguntaram.

– Sou um viajante – respondeu. E era verdade, vinha de longe, e longe ia.

– O que deseja?

– Passagem por essas terras.

– E que mais?

– Nada mais.

A seteira foi fechada. Os mensageiros partiram rumo ao castelo. Está desarmado e só quer passagem, foi dito ao príncipe. E o príncipe ouviu sem interesse. É um viajante, foi acrescentado.

A palavra abriu caminho na atenção do príncipe, e era cheia de portas. Um viajante, disse seu pensamento, um homem que anda pelo mundo, um homem para quem o mundo é um leque que se pode abrir.

– De onde vem?

– Não sabemos, senhor.

– Aonde vai?

– *Não nos disse, senhor.*

A ideia daquele homem que queria atravessar suas terras como um rio corta um vale, e que como um rio vinha de lugares não imaginados, infiltrou-se entre os seus desejos. O leque pareceu aproximar-se das suas mãos. Falar com o homem seria quase como abri-lo. E ordenou que se deixasse entrar o estranho, ele pernoitaria no castelo.

Os portões foram abertos, aquele destino que tinha um nome de homem galopou com os emissários, e por eles foi levado a seus aposentos. Que repousasse, lhe foi dito, pois à noite jantaria à mesa do príncipe.

Na sala iluminada pela chama das velas e da enorme lareira, damas e cavaleiros já estavam sentados ao longo da mesa quando o viajante entrou. Mas o lugar à direita do príncipe havia sido reservado para ele, que foi convidado a sentar.

O que se disseram os dois, o ruído de pratos e vozes encobriu. Podemos imaginar que, pretextando dever de anfitrião, o jovem monarca tenha pedido notícias do mundo que desconhecia. E que o mais velho tenha respondido com discrição, ampliando seus relatos somente à medida que os sentia solicitados pelo interlocutor. Falaram longamente, quase esquecidos da comida.

As taças já estavam vazias e os músicos cansados, quando o príncipe pediu ao viajante que contasse para seus convivas uma das tantas histórias que certamente havia escutado ou presenciado em suas andanças.

E na quietude que começava a tomar a sala naquele final de jantar, como se soubesse o que ia no coração do príncipe, o viajante contou.

A Morte e o Rei

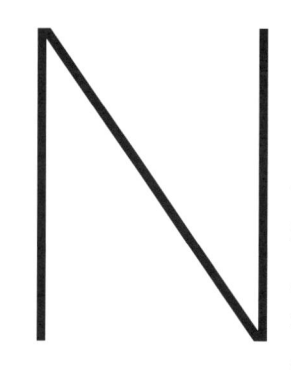oite, ainda não. Mas as nuvens tão escuras, que era como se fosse. E nesse escuro pesado, envolta num manto, a Morte galopava seu cavalo negro em direção ao castelo. Os cascos incandescentes incendiavam a grama. Desfaziam-se as pedras em centelhas.

Diante da muralha, sequer chamou ou apeou para bater ao portão. O manto estalava ao vento. O cavalo escarvava com a pata. Ela esperava.

E logo os pesados batentes se abriram num estridor de ferragens. E a Temível foi levada à presença do Rei.

– Vim buscar-vos, Senhor – disse sem rodeios.

– Não contestaria chamado tão definitivo, sem boa razão – respondeu o monarca, com igual precisão. – Peço-lhe, porém, que não partamos já. Realiza-se amanhã um torneio nos jardins do castelo. E tenho certeza de que sua presença dará outro valor à disputa.

Um instante bastou para a Morte avaliar o pedido. E concordar. Afinal, um dia a menos pouco pesaria na eternidade. Mas muito pesariam os que ela havia de levar.

Recolheu-se, pois, esperando o amanhecer.

Ainda no escuro, agitava-se o castelo preparando o torneio. Cavaleiros chegavam de longe. Tendas eram armadas nos jardins. Fogueiras ardiam nas oficinas dos armeiros. Quando o sol veio, farfalharam as sedas, os galhardetes, as folhas das árvores, e um mesmo brilho metálico saltou dos olhares, das couraças, das joias das damas. Em breve, soaram as trombetas, os cavalos partiram a galope. E o sangue floresceu sobre a grama.

À noite, a Sussurrada novamente dirigiu-se ao Rei.

– Senhor, em minha morada esperam por nós.

– Na minha também, Senhora, somos esperados – respondeu o Rei, com voz dura. – Informantes acabam de me revelar que um grupo de conspiradores está pronto para levantar suas armas contra mim.

E depois de ter dado tempo para que ela avaliasse suas palavras, acrescentou em tom mais baixo, quase envolvente: – Os que se escondem nas sombras precisarão da sua assistência.

Amplas são as sombras, pensou a Morte, calculando a sua parte. E mais uma vez concordou em adiar a partida.

Ao entardecer do dia seguinte, um mancebo foi apunhalado num corredor escuro, um ministro foi passado ao fio da espada junto a uma coluna, enquanto no alto de uma escada uma dama tombava envenenada. Antes que o sol nascesse novamente, o carrasco decepou as outras cabeças que haviam ousado pensar contra o Rei.

– Senhor – disse a Intransponível depois de recolher a sua carga – já esperei mais do que devia. Mande selar o seu cavalo. E partamos.

– Esperou, é certo. Mas foi bem recompensada – respondeu o Rei. – Mandarei selar o meu cavalo, como me pede. E partiremos. Porém não para seguir o seu caminho. Acabei de declarar guerra aos países do Leste. E preciso da sua presença ao meu lado, nos campos de batalha.

A Morte sabia, por antiga experiência, o quanto podia ceifar nesses campos. Sem discutir, emparelhou seu cavalo com o do Rei, e começou a longa marcha. À frente, muito trabalho a esperava.

Não era trabalho para um dia. Nem para dois. Dias e dias se passaram. Meses. Anos. Em que a Sombria parecia não ter descanso, cortando, quebrando, arrancando. E colhendo. Colhendo. Colhendo.

E porque ela havia colhido tanto, chegou um momento em que a guerra não tinha mais como prosseguir. E acabou.

À frente do exército dizimado, o Rei e a Morte regressaram ao castelo. E na sala, agora desguarnecida de seus cavaleiros, o Rei assinou o tratado de paz.

Molhada ainda a tinta, já a Insaciável se adiantava, lembrando ao Rei que uma outra viagem o aguardava.

– Irei sim, minha amiga – respondeu ele com voz gasta de tanto gritar ordens. – Mas amanhã. É tarde agora. E estou tão cansado. Deixe-me dormir só esta noite na minha cama.

E porque a Morte hesitava: – Seja generosa comigo que já lhe dei tanto – pediu.

Uma noite, pensou a Invencível, não faria diferença. E ela também merecia um pouco de descanso. Como na noite da sua chegada, agora tão distante, recolheu-se.

Silêncio no castelo. Só sonhos percorriam os corredores. Mas no seu quarto, o Rei estava desperto. A hora havia chegado. Levantou-se, envolveu-se num manto, agarrou o castiçal com a vela acesa e, abrindo a pequena porta encoberta por uma tapeçaria, meteu-se pela passagem secreta cuidando de não fazer qualquer ruído.

Desceu degraus, seguiu sobre o piso escorregadio entre paredes estreitas, desceu uma longa escada, avançou por uma espécie de interminável corredor, desceu outros degraus. E afinal, cabeça baixa para evitar as teias de aranha, puxou uma argola de ferro e abriu uma porta. Havia chegado às cavalariças.

A vela apagou-se num sopro de vento. Tateando, pegou uma sela, arreios, e com gestos rápidos encilhou um cavalo. Montou de um salto. Cravou as esporas, soltou as rédeas. E ei-lo lá fora, galopando na noite, afastando-se do castelo.

Galopava o cavalo. As nuvens abriram-se por um instante, a luz da Lua mordeu o pescoço do animal. Só então o Rei viu que o cavalo era mais negro que a escuridão. E que seus cascos incandescentes queimavam a grama ao passar, desfazendo as pedras em centelhas.

Uma acha desabou em brasas na lareira. O silêncio fundia-se na penumbra. A história pareceu pairar sobre os comensais, dissolvendo-se lentamente. Todos os olhares voltavam-se para o príncipe, sem que ninguém ousasse pronunciar as primeiras palavras.

– Que meu cavalo esteja pronto amanhã cedo – disse então este em voz alta, e era uma ordem. Depois, voltando-se para o viajante: – Irei consigo até nossa fronteira mais distante. Será uma boa oportunidade para visitar minhas terras. E haverá tempo para que me conte outras histórias.

Partiram ao amanhecer, antes mesmo que o sol ultrapassasse a barreira de pedra. Iam em pequena comitiva de cavaleiros e serviçais. Mas o príncipe cavalgava à frente, distanciado dos outros, tendo ao seu lado o viajante.

Cavalgaram durante toda a manhã, apearam para almoçar, repousaram, e novamente montaram em sela. Quase não falaram. Só à noite, hesitando como se durante todo o dia tivesse desejado e temido fazê-lo, o príncipe pediu ao seu companheiro de viagem que contasse mais uma história. E, esquentando as mãos diante da fogueira que ardia em meio à roda das tendas, aquele homem que parecia ele próprio saído de um conto, atendeu o pedido.

2ª

No aconchego de um turbante

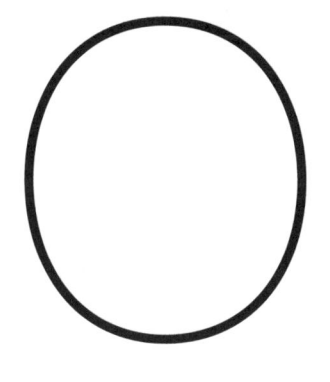 único filho do velho vizir não demonstrava ter herdado a sabedoria do pai. Com a morte deste, porém, herdou-lhe toda a fortuna.

Logo empenhou-se em gastá-la. Novos palácios, novos elefantes, novos trajes suntuosos, novas joias, novas babuchas bordadas. Fez-se imperioso ter um novo turbante.

Chamados, os mercadores de tecidos derramaram a seus pés damascos, veludos, brocados, cobrindo de cores e brilhos o mármore do salão, sem que nada satisfizesse o exigente jovem. Afinal, entre tantas, escolheu uma peça de delicada seda cor de palha entretecida de fios de ouro. E, para surpresa de quantos o rodeavam, exigiu que fosse toda ela utilizada na confecção do turbante. Haveria de ser o maior jamais visto por aquelas paragens.

Enrola, enrola, enrola, depois de muitas voltas o jovem viu-se coroado pelas espirais macias que, sobrepostas umas às outras, avançavam para lá da sua cabeça sombreando-lhe o rosto e os ombros, turbante amplo como um guarda-sol, que foi arrematado à altura da testa com uma esmeralda do tamanho de um ovo, e um discreto penacho.

Agora o filho do vizir podia, de modo condigno, pensar em outras maneiras de enfeitar sua vida e sua pessoa.

Estava justamente sentado em um banco do jardim, envolto nessas meditações, na manhã de quase verão em que uma cegonha, chegando cansada da longa migração, viu naquela estranha espécie de ninho a possibilidade de instalar-se sem delongas. Num último bater de asas, pousou bem no meio do turbante, eriçou as penas espantando a poeira da viagem, dobrou as longas pernas, ajeitou-se, e fechando as pálpebras pálidas adormeceu.

Paralisado de surpresa, o filho do vizir perguntava-se o que fazer. Espantar animal tão benfazejo era impensável, não se enxota a boa sorte que nos escolhe. Compartilhar com ela o turbante parecia impossível. De momento, porém, não havia outra solução à vista. Não seria por muito tempo, pensou o jovem. Quando a cegonha acordasse, certamente buscaria pouso mais conveniente, uma boa chaminé, um topo de telhado, uma árvore.

Imóvel, o filho do vizir esperou.

Mas se ele havia pensado com sua cabeça, outra era a cabeça da cegonha. Acordando muitas horas depois ela olhou em volta, e pareceu-lhe evidente que, fosse onde fosse, jamais conseguiria fazer com seu duro bico e com gravetos secos ninho acolhedor como aquele. Nunca suas penas haviam sido acariciadas por contato tão suave. E até mesmo o leve perfume que emanava do turbante a envolvia como um agrado. Encolhendo em ondas de puro prazer o longo pescoço, a cegonha refestelou-se.

A princípio no palácio e logo na cidade, comentava-se. Eleito por uma cegonha, o filho do vizir já não parecia tão leviano, dotes ocultos haviam de ter motivado aquela escolha. E de fato, o jovem, andando com passos pausados para manter o equilíbrio de tanto peso, adquiria postura mais severa, uma certa dignidade parecia transmitir-se a seus gestos. Nem mais se interessava por festas – e como poderia entregar-se a danças ou farrear com amigos, carregando aquela alada presença que mal via?

Pela primeira vez consciente da própria cabeça, o filho do vizir descobria-lhe outros usos. Sem poder cavalgar, sem participar de torneios ou caçadas, deixava expandir seus pensamentos, refletia. E os serviçais surpreenderam-se vendo-o ocupado em leituras.

Depois um dia, de repente, um estremecimento no alto, um seco estalar, e eis que a cegonha havia colhido com o bico a bela esmeralda que arrematava o turbante. Em vão o filho do vizir alongou o braço apalpando. Ela a havia metido debaixo de si juntamente com seus próprios ovos, e revidava a bicadas qualquer tentativa de invasão. Caído o penacho, perdida estava toda elegância.

No palácio, porém, a ausência da esmeralda foi interpretada como um gesto de modéstia, e muito louvada.

Passou-se uma semana, outras vieram puxadas por aquela. Quanto demoram ovos de cegonha para eclodir?, indagou o filho do vizir. Agora mantinha-se quase imóvel, como no primeiro dia, não fosse um movimento em falso pôr a perder todo o esforço de vida que se desenrolava acima da sua cabeça. E parado meditava, sentindo-se parte daquele milagre.

Sua expectativa teve fim no devido tempo, quando os filhotes nasceram anunciados por um pipilar estridente. E ao longo dos meses de verão ele acompanhou o alterar-se daquele pipilar, os chamados fazendo-se mais claros e fortes, enquanto minúsculas penas cinzentas caíam volteando do alto à medida que os filhotes se emplumavam.

Não durou menos do que os outros, aquele verão. Mas o filho do vizir surpreendeu-se no dia em que uma agitação maior no turbante, seguida de um grande bater de asas, denunciou a partida. A cegonha e seus filhos preparavam-se para a migração. O outono havia chegado.

De baixo, o filho do vizir viu as grandes aves brancas saindo em voo da sua cabeça como se saíssem dos seus pensamentos, indo juntar-se na distância a outras da sua espécie. Mesmo ao longe, distinguia-se entre todas uma jovem cegonha verde.

Diz-se que, ano após ano, as cegonhas voltam ao mesmo ninho. Pensando nisso talvez, o jovem filho do vizir deteve o gesto com que se preparava a desfazer as espirais puxando a ponta da longa seda. Com extrema delicadeza tirou o turbante inteiro da cabeça, e mandou que assim como estava fosse depositado no mais alto telhado do palácio.

Foi um bom sono o que acolheu o príncipe naquela noite. Perpassado de sedas e aves brancas, pareceu até mesmo ter perfume, de açafrão ou rosas. E eis todos novamente a cavalo cortando o ar fino, pisoteando a vegetação encharcada de orvalho, rumo à fronteira ainda invisível, ainda distante.

As terras do príncipe eram belas e vastas. Terras que ele, quase sempre trancado no castelo, pouco conhecia e que via agora com olhar novo, como se as descobrisse. A manhã pareceu pequena para tanto verde. E parando a comitiva para descansar, um cavaleiro que havia trazido seu falcão tirou-lhe o capuz para que fosse à caça, com as tirinhas de couro adejando no ar, seu grito agudo alertando o espaço. O que ele trouxe foi assado nas brasas, para o almoço. E sentados todos ao redor em partilha de carnes e conversas, pediu o príncipe mais uma história, que lhes viesse pela voz do viajante como a caça havia chegado pelo bico do falcão.

São os cabelos das mulheres

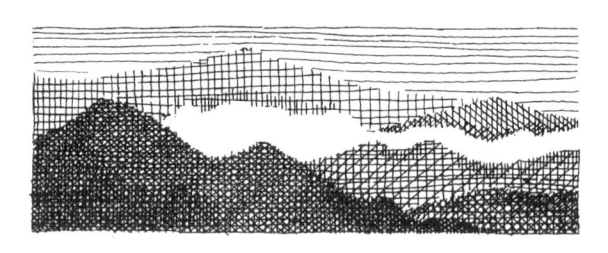

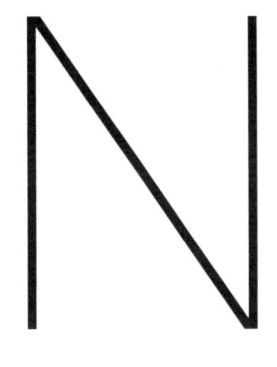aquela aldeia de montanha perdida entre neblinas, a chuva havia começado há mais tempo do era possível lembrar. Só água vinha do céu, em fios tão cerrados que as nuvens pareciam cerzidas ao chão. As plantações haviam-se transformado em charcos, as roupas já não secavam junto aos fogos fumacentos, e pouco ou nada restava para comer.

Reuniram-se os velhos sábios em busca de uma resposta, e longamente deliberaram estudando as antigas tradições.

– São os cabelos das mulheres – disseram por fim. E obedecendo aos pergaminhos, ordenaram que fossem cortados.

Na praça da aldeia, desfeitas tranças e coques, soltos todos os grampos, os longos fios que chegavam à cintura foram decepados rente à raiz, e entregues à chuva. Todos os viram descer na correnteza, ondulantes e negros. Todos se encheram de esperança, enquanto as mulheres abaixavam a cabeça deixando a água escorrer em filetes sobre a pele nua.

De fato, pouco demorou para que as nuvens levassem sua carga em direção ao vale, desfazendo-se ao longe. E o sol acendeu-se num céu tão enxuto e limpo que parecia novo.

Aquecia-se ao sol a antiga umidade guardada entre pedras e grotas. Vindas daquele calor, talvez, daqueles vapores abafados no escuro silêncio, longas serpentes negras começaram a deslizar para a luz.

Os homens só se deram conta da temível presença quando os campos abaixo da aldeia já estavam invadidos. Com asco e horror as encontravam de repente enroscadas no cabo de uma enxada, no fundo de um cesto, ou brilhando entre os sulcos. Eram tantas. De nada adiantava caçá-las; cortadas ao meio ou degoladas por facão ou foice multiplicavam-se, cada parte adquirindo vida própria e afastando-se como se recém-saída do ovo.

Quase não lhes bastassem os campos, começaram a deslizar em direção à aldeia. Em breve bastou afastar um móvel, abrir um armário, para encontrar uma serpente enovelada. Qualquer cobertor, qualquer travesseiro, qualquer manta ou almofada podia ser seu ninho. E entre as achas de lenha, entre as talhas de azeite, entre os gravetos e as cinzas do fogão, entre os grãos nas despensas, por toda parte e em todo canto cobras ondulavam suas espirais.

– São os cabelos das mulheres! – exclamaram afinal os aldeões, sem necessidade de reunir os sábios.

E as mulheres riram, escondendo o rosto nos lenços e nos xales com que cobriam suas cabeças.

– Acabem com isso! – ordenaram-lhes os sábios. E não se referiam ao riso, mas às serpentes. E com voz que não admitia réplica, repetiram – Acabem com isso, mulheres!

Mas como acabar com o flagelo se lhes faltava o remédio? – responderam as mulheres. E acrescentaram – Cabelos. Para acabar com esses, precisamos dos nossos.

E cabelos elas não tinham. Parecia inútil procurar. Por baixo dos lenços apenas uma leve penugem despontava. Nenhuma mulher havia sido poupada. Ainda assim procuraram de casa em casa, mesmo nas mais distantes, até que, escondida entre as saias das irmãs mais velhas no fundo de um casebre, encontraram uma menina. Uma menina pequena, tão pequena que ao tempo das chuvas havia sido confundida com um menino. Uma menina pequena, com um rabichinho magro.

Desatado o cordão que prendia o rabicho, os cabelos desceram cobrindo as orelhas. A mãe colheu um fio, enfiou-o numa agulha. Todos olhavam. Todos viram a mãe levantar uma pedra, suspender a serpente que ali se abrigava e, com pontos firmes, coser-lhe a boca. Todos viram a serpente afastar-se deslizando ladeira abaixo.

O rabicho da menina já era apenas um fio quando a última ondulação negra desceu a encosta e a grama fechou-se sobre o seu rastro.

E passado algum tempo, a serenidade havia voltado à aldeia. Sem que, porém, viesse com ela a alegria. O frio demorava-se, sem abrir caminho à primavera. As mulheres caminhavam no vento com a cabeça coberta, todas elas envoltas em panos. As brotações tardavam, as sementes não germinavam na terra gelada, nem chegavam as aves migrantes.

Ainda fazia frio na manhã em que a primeira mulher tirou o xale. Sacudiu a cabeça. Os cabelos, que haviam crescido, rodearam-lhe o rosto. E porque aquela havia tirado o xale, uma e logo outra a imitaram, uma quarta desfez sobre a testa o nó que prendia o lenço, cabeças de mulheres assomaram às janelas, descobertas. Os cabelos, lisos, crespos, ondulados, dançaram livres farfalhando como folhas, cintilaram ao sol que de repente não parecia tão pálido. Em algum ponto daquela manhã, a primavera pôs-se a caminho.

– São os cabelos das mulheres – disseram os homens farejando o ar que se fazia mais fino. E sorriram.

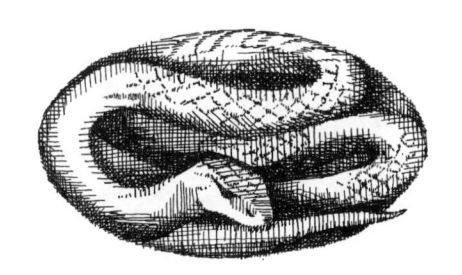

Pela primeira vez, o príncipe demorou-se a pensar nas toucas bordadas e adornadas de véus que encobriam os cabelos das mulheres da sua corte. Aquilo que havia considerado bonito parecia-lhe agora represar beleza maior. E lembrou-se de cabelos longos vistos na infância, e teve desejo de afundar os dedos naqueles cabelos.

Pensou neles outra vez quando cruzaram um riacho e viu a água enlaçar os jarretes dos cavalos. Olhou ao longe. Além da sua fronteira havia altas montanhas. Choveria muito nos cimos encobertos pela neblina?, perguntou-se.

Mas ao anoitecer, seu pensamento voltou-se para as novas histórias que iria ouvir. E dessa vez, nem foi preciso pedir.

4ª
história do viajante

Como cantam as pedras

Era um guerreiro grande e sólido como uma montanha, que regressava à sua casa depois de muitas e muitas batalhas. A terra tremia debaixo dos seus passos.

Chegando tão cansado que parecia não ter forças para mais um gesto, desfez-se das armas, despiu a couraça, e deitou-se para dormir. A cabeça pesou como se afundasse primeiro, arrastando-o.

Dormiu todo o dia, dormiu toda a noite, mas os dedos do sono continuavam entrelaçados em seus cabelos e não largavam a presa. E tendo dormido um ano inteiro, dormiu outro e muitos, muitos mais.

Acordou com uma formiga caminhando no seu peito. O sono o havia deixado. Quis abrir os olhos, não conseguiu, sentiu as pálpebras seladas. Pensou que se lavasse o rosto, talvez, e tentou levantar-se. Porém o corpo não lhe obedecia, não lhe obedeciam os músculos. Inutilmente insistiu no desejo de mover-se, como uma ordem. Nenhuma resposta lhe veio. Os ossos pareciam alheios, se é que havia ossos. Uma rigidez fria e compacta fundia carne e sangue. Imóvel, perguntou-se em que caixa, em que casca, em que pele estava trancado.

Não podia saber que o tempo o havia transformado em pedra.

Nem havia mais casa ao seu redor, nem mais cidade ou aldeia. Tudo havia desmoronado ao longo dos muitos anos, tudo havia-se desfeito nos dias e nas noites. O guerreiro de pedra jazia no chão, no mesmo lugar onde caíra com o lento apodrecer das tiras de couro da sua cama. E aquele lugar, aquele lugar que fora povoado e verde, era agora um deserto.

Mas isso ele não sabia. Sabia, com súbita clareza, que estava aprisionado dentro de si, sozinho no escuro, vivo caroço de dura fruta. E que talvez ninguém viesse devolvê-lo ao sol. Então, para não estar tão só, pôs-se a cantar.

Não cantava como canta um homem. Cantava como cantam as pedras quando sofrem. E se o cantar não espantou sua solidão, com certeza espantou as poucas gentes que por ali passavam. Em pouco tempo, todos souberam que naquele ponto do deserto havia pedras cantantes. E, assustados, passaram a evitá-lo.

Assim, se antes um ou outro pastor se atardava por aquelas paragens cuidando de suas cabras, se alguma caravana acampava para passar a noite, a partir do canto do guerreiro nenhum passo mais afundou na areia marcada apenas pelas leves patas dos escaravelhos e pelo deslizar de escamas das serpentes.

Impossível, para o guerreiro que não via o amanhecer, calcular a passagem do tempo. Talvez muito houvesse passado, talvez pouco, quando um viajante vindo de terras distantes pousou seu alforje no chão e sentou-se.

Comeu do que tinha trazido e descansou, enrolado no cantar como em uma manta. Depois meteu a mão no peito por dentro da roupa, tirou uma flauta. Estava morna como a pele. Levou-a à boca.

O que a flauta disse, nem o viajante saberia ao certo. Sua música deslizou sobre a areia com a mesma suavidade das serpentes, penetrou, poro a poro, na pedra. Como água, como luz, abriu seu caminho. E num estalar de juntas que se soltam, de amarras que se desfazem, o guerreiro moveu-se, levantou a cabeça, ergueu o tronco, pôs-se de pé.

Do alto do seu próprio corpo, olhou ao redor. Onde estavam as casas, os belos terraços onde panos tingidos secavam ao sol, os laranjais, os poços? Onde estavam as mulheres de ancas largas e cântaros na cabeça, as crianças, as crianças todas, os homens com seu pesado andar de pés calçados, e os animais? Onde estavam os animais, os pássaros e os burros, os cães e os gatos, os bois, os avestruzes? Girava a cabeça e só via areia e pedras, areia e pedras e morros de pedras ao longe. Onde, onde estavam todos os seus?

O guerreiro que havia vencido tantas batalhas gritou, amaldiçoou o tempo, agitou os braços, chamou. Depois, dobrado sobre os joelhos, chorou.

E o tempo teve pena. Girou rápido como vento ao seu redor, como vento acariciou-lhe os cabelos e o rosto, como vento gastou as arestas das suas roupas e do seu corpo, lambeu, soprou, desfazendo em areia aquilo que havia sido pedra, levando a areia, os grãos todos que haviam sido aquele guerreiro, para juntá-los aos infinitos grãos do seu passado.

Só não lhe devolveu o canto. Entregou uma parte à boca do vento, pôs outro tanto na língua do fogo, e a parte mais delicada e sofrida deixou com as pedras, para que a ouvissem aqueles que sabem ouvir.

Ventava de leve na escuridão. Era o mesmo vento que nas noites de inverno passava cantando entre as ameias do castelo, sem que o príncipe se detivesse a decifrá-lo. Agora, no entanto, o ouvia como a uma voz. Saberia ouvir o silêncio das pedras?

Protegido pelas muralhas em seus domínios, ainda assim não era um guerreiro desde sempre adormecido. Ao nascer do sol, retomaria a viagem. A mesma viagem, embora atravessando novos lugares e detendo-se um pouco mais adiante. Ele também seria o mesmo homem, embora mudado por mais um dia de vida e uma noite de sono. Tão pouco mudado que ninguém, nem ele, saberia a diferença. E, no entanto, já não exatamente o mesmo.

Pediria mais uma história ao fim do dia, para ser semeada em sua memória e afundar raízes. Os frutos colheria adiante.

Com certeza tenho amor

Moça tão resguardada por seus pais não deveria ter ido à feira. Nem foi, embora muito o desejasse. Mas porque o desejava, convenceu a ama que a acompanhava a tomar uma rua em vez de outra para ir à Igreja, e a rua que tomaram passava tão perto da feira que seus sons a percorriam como água e as cores todas da feira pareciam espelhar-se nas paredes claras. Foi dessa rua, olhando através do véu que lhe cobria metade do rosto, que a moça viu os saltimbancos em suas acrobacias.

E foi nessa rua, recortada como uma silhueta em suas roupas escuras, o rosto meio coberto por um véu, que o mais jovem dos saltimbancos, atrasado a caminho da feira, a viu.

Era o mais jovem era o mais forte era o mais valente entre os onze irmãos. A partir daquele encontro porém, uma fraqueza que não conhecia deslizou para dentro do seu peito. À noite suspirava como se doente.

– Que tens? – perguntaram-lhe os irmãos.

– Não sei – respondeu. E era verdade. Sabia apenas que a moça velada aparecia nos seus sonhos, e que parecia sonhar mesmo acordado porque mesmo acordado a tinha diante dos olhos.

Àquela rua a moça não voltou mais. Mas ele a procurou em todas as outras ruas da cidade até vê-la passar, esperou diante da Igreja até vê-la entrar, acompanhou-a ao longe até vê-la chegar em casa.

Agora sorria, cantava, embora de repente largasse a comida no prato porque nada mais lhe passava na garganta.

– Que tens? – perguntaram-lhe os irmãos.

– Acho, não sei... – respondeu ele abaixando a cabeça sobre o seu rubor – creio... que tenho amor.

Na sua casa, a moça também sorria e cantava, largava de repente a comida no prato e se punha a chorar.

– Tenho... sim... com certeza tenho amor – respondeu à ama que lhe perguntou o que tinha.

Mas nem a ama se alegrou, nem se alegraram os dez irmãos. Pois como alegrar-se com um amor que não podia ser?

De fato, tanto riso tanto choro acabaram chamando a atenção do pai da moça que, vigilante e sem precisar perguntar, trancou-a no quarto mais alto da sua alta casa. Não era com um saltimbanco que havia de casar filha criada com tanto esmero.

Mas era com o saltimbanco que ela queria se casar.

E o saltimbanco, ajudado por seus dez irmãos, começou a se preparar para chegar até ela.

Afinal uma noite, lua nenhuma que os denunciasse, encaminharam-se os onze para a casa da moça. Seus pés calçados de feltro calavam-se sobre as pedras.

O mais jovem era o mais forte, teria ele que sustentar os demais. Pernas abertas e firmes, cravou-se no chão bem debaixo da janela dela. O segundo irmão subiu para os seus ombros, estendeu a mão e o terceiro subiu. O quarto escalou os outros até subir nos ombros do terceiro. E, um por cima do outro, foram se construindo como uma torre. Até que o último chegou ao topo.

O último chegou ao topo, e o topo não chegou à altura da janela da moça. De cima a baixo os irmãos passaram-se a palavra. Os onze pareceram ondejar por um instante. Então o mais jovem e mais forte saiu de debaixo dos pés do seu irmão deixando-o suspenso no ar, e tomando a mão que este lhe estendeu subiu rapidamente por ele, galgando seus irmãos um a um.

No alto, a janela se abriu.

Uma bela certeza para se ter, pensou o príncipe sentindo o peito subitamente pesado de interrogações. E em silêncio e segredo, os cavaleiros ao redor interrogaram suas vidas para saber se a continham.

Calados, todos. As pálpebras do viajante tão apertadas que parecia dormir. E passados alguns minutos, talvez estivesse.

Chovia de manhã quando acordaram. Ainda seguiram viagem durante algumas horas, mas os mantos faziam-se pesados, as gotas frias eram agulhas contra o rosto e, atravessando uma aldeia, concluíram que abrigar-se seria o melhor. Não havia pressa de chegar. Só o estranho tinha uma meta além da fronteira.

Logo, diante de um bom fogo e de uma boa sopa, a paz envolveu a comitiva e, como o tênue vapor que se desprendia dos mantos, ergueram-se as vozes. Fazia-se tarde, quando o silêncio chegou sem ainda trazer o sono. Foi ele que abriu espaço para soltar a voz do viajante.

Rosas na cabeceira

Mulher de cadeiras largas, sem esforço pariu o primeiro filho na cama que havia sido da sua família. Oferecia-lhe o peito ainda deitada, quando a vizinha veio visitá-la. Debruçou-se elogiando o pequeno, entregou à mãe a laranja que havia trazido, e cedo despediu-se. Mas ainda na porta voltou-se, olhou a cama.

– Leito de vida, leito de morte – disse sem alegria.

E se foi.

Era uma bela cama, de madeira lustrada por longo tempo e muitas mãos. Havia acolhido sua mãe, e a mãe de sua mãe. Mas a partir daquele dia a mulher não conseguiu mais deitar-se nela sem lembrar as palavras da vizinha. Pesadelos infiltraram-se nos seus sonhos.

Esperou a vinda do mascate. Na tarde em que finalmente ouviu sua cantilena ecoando entre as casas, correu à rua e ofereceu-lhe a cama.

– Não estou interessado em móveis – respondeu o mascate, que sabia tirar vantagem do desejo alheio. – Nem tenho serventia para esse.

E como a mulher insistisse:

– Se é para lhe fazer um favor, levo. Mas só posso pagar quatro moedas.

A mulher alisou uma vez mais as rosas entalhadas na cabeceira. Depois entregou a cama em troca das quatro moedas, e a viu afastar-se na carroça do mascate.

Quatro moedas de pouco serviam. Aquelas pareciam queimar na palma da mão. A mulher foi até o fundo do quintal, cavou um buraco na terra escura, e enterrou as moedas.

Passadas algumas semanas, como saber, entre tantas plantas, que uma muda despontava no lugar da terra mexida?

E a mulher teve outros filhos e seus filhos cresceram. E um dia sentiu uma tonteira, pensou que o sol estava escurecendo antes da hora, apoiou-se na parede. A mulher havia adoecido.

Deitou-se naquele dia em sua cama estreita. No dia seguinte começou a definhar.

Definhou, definhou. Forças para levantar-se não teve mais.

Estava tão magra e frágil que o marido, querendo dar-lhe algum conforto, decidiu fazer para ela uma cama nova. A muda era agora uma árvore copada. O marido foi até o fundo do quintal e a abateu.

Durante dias serrou, lixou, martelou, durante dias entranhou na madeira o seu próprio suor. Pronta a cama, firmes os encaixes, ainda poliu a cabeceira. Depois pegou o formão e, com cuidado, entalhou quatro rosas.

Deitado na cama ainda fria, o príncipe puxou para junto do pescoço o cobertor de peles. – Não se rodeia de muros uma cama – pensou antes de fechar os olhos – nem é possível saber o que germina na escura terra do nosso quintal. E ouvindo a chuva, deixou-se ir na mansidão do sono.

Choveu também no dia seguinte e nos dois que vieram depois. Os cavalos esperavam mastigando seu feno, cochilando de pé. Um deles sangrava de leve no pescoço, onde um morcego vinha pousar no escuro. Lá dentro, os homens aquecidos pelas brasas e pela companhia deixavam o tempo passar, sem cuidar das horas. Apenas, um ou outro metia por vezes o rosto pela fresta da porta, olhando ora na direção das nuvens, ora na dos cavalos, ora na do horizonte.

Mas embora ao cabo daqueles dias o sol se levantasse no horizonte três vezes precisas, ainda que encoberto pela neblina, lá dentro se punha sem ter-se levantado ou se levantava várias vezes ao dia, obedecendo não ao tempo, mas à desordenada ordem das narrativas.

7ª

história do viajante

Na sua justa medida

Filho primeiro e único de nobre família, com a morte do pai herdou o brasão, as terras e os bens. Era um belo brasão. E as terras eram vastas e férteis. Mas os bens, ah! os bens podiam ser considerados quase males.

Havia o castelo, é certo. Entretanto, só um pouco menores que o castelo, havia as dívidas. E o recém-herdeiro não teve outro remédio senão vender o primeiro para pagar as segundas.

Viu-se sem teto, mas com algum dinheiro na mão. E algumas joias de família, alguma baixela de prata. E mais as terras, plantadas, que rendiam. Fez as contas, tornou a fazer, pensou e tornou a pensar. E afinal concluiu que sim, podia permitir-se uma nova morada.

Não era modesto, porém. Nem havia sido criado para tal. Não haveria de contentar--se com quatro paredes quaisquer.

E, chamados os arquitetos, encomendou um palácio.

Mas os arquitetos também sabiam fazer contas. Depois de alguns cálculos, vieram dizer-lhe que para fazer um palácio dos grandes o dinheiro não dava.

Poderiam desistir de ter uma ala Norte, disseram. Mas de uma ala Norte o Senhor não queria abrir mão. Sem os salões de baile e sem as estrebarias, o dinheiro dá, ofereceram. Mas sem salões e sem estrebarias, não seria um palácio, retrucou o Senhor. Que tal eliminar a cúpula e a capela? vieram eles. Isso nunca! retrucou aquele. Suprimir a sala de audiências? Ultraje!

Por fim, depois de muito discutir, o próprio Senhor ofereceu a solução. Haveriam de fazer um palácio completo, elegante, nobre, mas em tamanho reduzido. Um palácio dos grandes, pequeno.

E assim foi feito.

Ficou belo, com sua ala Norte, seus salões e suas estrebarias, com a cúpula coroando a capela e a austera sala de audiências.

O senhor mal cabia em si de contentamento. Mas, feita a mudança, verificou que também mal cabia nos seus aposentos. O teto era baixo, as portas pequenas, o espaço apertado.

Pensou em mudar-se para outros cômodos, porém as dimensões eram ainda menores. E acima da sua cama – embora um tanto curta – havia uma bela pintura, e do alto das suas janelas – embora um pouco estreitas – via-se uma bela paisagem. Melhor ficar ali mesmo.

Aos poucos, acostumou-se.

Nos anos seguintes, as safras das suas terras foram excepcionais e seus cofres se encheram rapidamente.

E com os cofres cheios, a ideia lhe veio de construir, ao redor do palácio, uma cidade. Um palácio sozinho no meio dos campos parecia-lhe, de repente, muito pobre.

Voltaram os arquitetos. Fizeram as contas e lhe disseram que, para uma cidade, o dinheiro dava. Mas que teria que ser construída na mesma proporção do palácio, sem o que este pareceria muito mesquinho.

Os trabalhos duraram anos seguidos. Entalhadores, pintores, artesãos foram chamados de comarcas distantes. Carros de bois em caravana trouxeram mármores e troncos. Houve muita lama, muitas fogueiras, muito bater e martelar. Mas um dia a cidade ficou pronta.

Que bela era! Com seu forte, a escola e o teatro, o hospital e, no meio, com estátua e tudo, a praça. Que elegante! Com arcadas e colunas, com as fachadas trabalhadas, torres e telhados. E que pequena!

Andando pelas ruas ainda vazias, entrando nos prédios ainda sem moradores, o Senhor sentia-se quase espremido. Aquela cidade ia-lhe justa demais, como uma roupa alguns números menores. Uma sala apertava-lhe os ombros, um beco lhe roçava os quadris, os degraus eram sempre mais curtos que seus pés.

Mas era linda. Era sua. E, para consolar-se, pensou que emagrecer lhe faria bem.

Se emagrecer foi sua primeira preocupação, povoar a cidade foi a segunda.

Convocou alguns jovens para ajudá-lo na administração. Preferiu os baixinhos. Caberiam melhor, pensou. Mas quando chegaram, percebeu que também precisavam inclinar a cabeça para passar pelas portas. Mandou que se procurassem as pessoas mais baixas da região. Porém mesmo as mais baixas eram altas demais. Inutilmente obrigou todos a comerem menos.

Tentava ainda acostumar-se aos constantes esbarrões, quando um nobre parente quis dar sua contribuição à cidade. Para que fosse o Bobo daquela quase corte, enviou um anão.

O Senhor estava na sala de audiências quando o anão entrou. Que grande pareceu de repente a porta ao passar daquele homem minúsculo! Que majestoso o umbral de pedra! O Senhor pediu que o visitante se adiantasse, e foi como se o espaço crescesse atrás dele. O Bobo tentou ser cômico, exibir-se. Mas o Senhor só tinha olhos para a beleza da sala que a nova proporção transformava em salão, com o teto alto, as enormes janelas e a lareira onde, agora sim, caberia uma pessoa. Era naquele salão que ele sempre havia desejado estar.

Levantou-se, mandou que o anão fosse à frente e seguiu-o ditando o caminho. Desceu atrás dele, deleitando-se com as escadas subitamente imponentes, os degraus bem maiores que os pequeninos pés. E o fez andar pelas ruas, entrar nos edifícios, encantado com a nova altura das colunas, a nobreza das arcadas.

O Bobo não entendia. Temeu por instantes que o Senhor quisesse expulsá-lo ou usurpar o seu ofício. Mas, pelo rosto sorridente do novo patrão, entendeu que nada precisava fazer para alegrá-lo.

Na praça, pararam. O patrão mandou que se aproximasse da estátua, ao centro, e ficou ele mesmo num canto, olhando, olhando aquela amplidão com que tanto havia sonhado.

Sem que nada fosse dito, regressaram ao palácio, entraram na sala das audiências. O Senhor mandou que o Bobo se sentasse na sua senhorial poltrona. E, de olhos nele, começou a recuar. O seu olhar abrangeu aos poucos o dossel sobre a poltrona, as paredes com seus quadros, o teto com entalhes dourados. Tudo na justa medida. Tudo harmonioso e elegante. Recuou mais, viu móveis e espelhos. Passou pela porta e, como uma moldura, o umbral arrematou aquela visão de equilíbrio.

Com ela nos olhos, o Senhor desceu mais uma vez as escadas. E atravessando as ruas que agora via em sua justa medida, deixou a cidade para seu novo ocupante.

8ª

história do viajante

Quem me deu foi a manhã

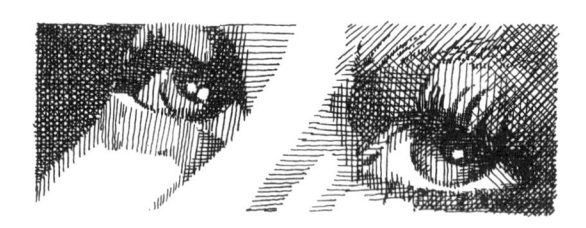

Foi uma moça lavar suas anáguas no rio. Espuma de rendas, espuma de águas. Depois deitou-as sobre a grama para secar. E da grama uma salamandra levantou a cabeça e perguntou:

– Que rendas são essas que você lava com tanto capricho?

– São as rendas que farfalham nos meus tornozelos – respondeu a moça.

– Eu também quero ouvir esse farfalhar – disse a salamandra. E antes mesmo que a moça vestisse a primeira anágua, enroscou-se no seu tornozelo.

Era fria como vidro e brilhante como prata. Mas, com medo de ser mordida, a moça deixou-a estar e voltou para a aldeia.

No caminho encontrou as outras moças da sua rua, que iam juntas. – Que joia tão diferente! – exclamaram, flagrando nos passos dela o luzir da salamandra. – Onde foi que você achou?

A moça riu sem responder, entrou em casa e fechou a porta atrás de si.

Passados alguns dias, novamente foi ela ao rio, lavar suas roupas. Água batendo nos panos, panos batendo nas pedras. E estava enxaguando o xale, quando uma serpente emergiu entre as franjas e perguntou:

– Que roupa é essa que você lava com tanto esmero?

– É o xale que pousa nos meus ombros – respondeu a moça.

– Eu também quero pousar nos teus ombros – disse a serpente.

Deslizou rápida até os ombros dela, rodeou-lhe o pescoço e, mordendo o próprio rabo, deixou-se ficar.

Era lisa e verde como esmeralda. Porém, com medo da picada, a moça não ousou tocá-la. E voltou para a aldeia.

– Que joia tão rica! – surpreenderam-se as moças suas companheiras colhendo os lampejos verdes ao redor do pescoço. – Como foi que você conseguiu?

A moça nem riu nem respondeu. Entrou e fechou a porta.

Alguns dias mais haviam passado, e novamente foi a moça ao rio. Dessa vez, não levava roupas. Ajoelhou-se na beira e mergulhou a cabeça para lavar os cabelos. Ondular de ouro na água, ondular de azul entre os fios. Depois penteou e sacudiu os cabelos para secá-los ao sol. E como se trazida pelo sol, uma libélula voou e veio pousar na cabeça, um pouco de lado. Ali, imóveis as asas, deixou-se ficar.

Era delicada e graciosa como uma filigrana. Mas com medo de machucá-la, a moça nem a tocou. Quis vê-la, procurou seu reflexo no espelho da água. Depois voltou à aldeia.

As moças esperavam para vê-la passar. – E essa preciosidade – perguntaram em coro movidas pelo cintilar irizado – quem foi que te deu?

– Quem me deu foi a manhã – respondeu a moça. E, sem olhar para trás, entrou em casa. A porta deixou aberta, soubessem todos que nada tinha a esconder.

Não tinha nada a esconder, mas o que havia mostrado era suficiente. De boca em boca, de boca a ouvido, aos cochichos, aos murmúrios, sussurrando, segredando, de um a outro, de um a muitos, pelos cantos, pelas ruas, as joias tornaram-se o assunto da aldeia. E quando todo esse falar desembocou na praça, foi como um vento que entrasse pelas janelas e portas da Cadeia Geral, indo se abater sobre a mesa do Chefe da Polícia.

Uma moça pobre usando joias de valor era coisa nunca vista antes naquela aldeia, afirmou este. A moça só podia tê-las roubado, concluíram todos. E, expedida a ordem, foram os esbirros buscá-la em sua casa e a trouxeram até a cela. Nas joias ninguém se atreveu a tocar, serviriam como evidência.

As paredes da cela eram espessas, as grades da janela eram grossas, mas o falatório do povo ali embaixo chegava até a prisioneira. Aos poucos porém, fez-se escuro, as vozes foram se afastando. Silêncio e sereno pousaram enfim na praça. A noite havia chegado.

Nenhum ruído se ouviu quando a serpente desprendeu-se do pescoço da moça, deslizou sinuosa para fora da cela, aproximou-se do carcereiro adormecido, enroscou-se na perna da cadeira, e erguendo a cabeça, mordeu com um bote a mão pendente.

Tão leve o fremir das asas da libélula quando abandonou a cabeleira loura, que só um ouvido atento o colheria. Mas o carcereiro já não estava atento a nada. A libélula pôde voar segura até o prego onde a chave estava pendurada por uma argola, e com a argola entre as patinhas, voar de volta até a sua dona.

Como havia conseguido a ladra fugir de cadeia tão forte? perguntavam-se todos no dia seguinte. E por que o carcereiro continuava dormindo?

– Bruxaria! – foi a resposta que jorrou daquelas bocas.

Novamente uma ordem foi expedida, os esbirros saíram à procura e todos os aldeões empenharam-se na caçada. De dia e de noite. Até que a moça, mãos atadas atrás das costas, foi arrastada para a praça onde a fogueira para queimá-la havia sido armada. Já não trazia a serpente ao redor do pescoço, nem a libélula pousada nos cabelos. Mas entre os farrapos da anágua rasgada ocultava-se a salamandra.

– Bruxa! – gritava o povo.

– Feiticeira!

Com boca leve, a salamandra mordeu o tornozelo da sua dona já atada sobre os feixes de lenha.

O povo na praça ergueu os braços celebrando a primeira labareda. A cabeça da moça pendia de lado. A fumaça se expandiu, pessoas tossiram na assistência. E logo todos os feixes arderam ao mesmo tempo, refletidos nos olhos da multidão.

Já não havia ninguém na praça quando as últimas brasas se apagaram. Findo o espetáculo, cada um havia retornado à sua casa. A madrugada avançava pesada de sono. Assim, ninguém viu aquele súbito mover-se entre cinzas, o menear, a cabeça da salamandra erguendo-se. Ninguém viu o braço, o ombro, a cabeleira da moça emergindo dos restos da fogueira, ela toda de pé sacudindo-se como quem sai da água. Ninguém viu quando, antes de se afastar, recebeu ao redor do tornozelo uma joia fria como vidro e brilhante como prata.

A cidade dos cinco ciprestes

Não era um homem rico. Nem era um homem pobre. Era um homem, apenas. E esse homem teve um sonho.

Sonhou que um pássaro pousava em sua janela e lhe dizia: "Há um tesouro esperando por você na cidade dos cinco ciprestes".

Mas quando o homem quis abrir a boca para perguntar onde ficava a cidade, abriram-se os seus olhos, e o pássaro levantou voo levando o sonho no bico.

O homem perguntou aos vizinhos, aos conhecidos, se sabiam de tal cidade. Ninguém sabia. Perguntou aos desconhecidos, aos viajantes que chegavam. Ninguém a havia visto ou ouvido falar dela. Por fim, perguntou ao seu coração, e seu coração lhe respondeu que quando se quer o que ninguém conhece, melhor é ir procurar pessoalmente.

Vendeu sua casa e com o dinheiro comprou um cavalo, vendeu sua horta e com o dinheiro comprou os arreios, vendeu seus poucos bens e colocou as moedas numa sacola de couro que pendurou no pescoço.

Já podia partir.

Iria para o Sul, decidiu esporeando o cavalo. As terras do sol são mais propícias aos ciprestes, pensou ainda afastando do pescoço a pelerine.

Galopou, galopou, galopou. Bebeu água de regatos, bebeu água de rios, debruçou-se sobre um lago para beber e viu seu rosto esgotado. Mas cada vez tornou a montar, porque um tesouro esperava por ele.

Pareciam cinco torres riscadas a carvão no céu azul, quando afinal os viu ao longe coroando o topo de uma colina. Meus ciprestes! cantou altíssimo seu coração. E embora tão cansado o cavalo, pediu-lhe um último esforço. Ainda hoje te darei cocheira e palha fresca na minha cidade, prometeu sem ousar cravar-lhe as esporas.

Foram a passo. Porém, desbastando a distância, percebeu o homem que não poderia cumprir a promessa. Nenhum perfil de telhado, nenhuma quina de casa, nenhum muro denteava o alto da colina. Galgaram lentamente a encosta sem caminhos. No topo, cinco ciprestes reinavam altaneiros e sós. Não havia cidade alguma.

A noite já se enovelava no vale. Melhor dormir, pensou o homem, amanhã verei o que fazer. Soltou o cavalo, que pastasse. Cobriu-se com a pelerine, fez do seu desapontamento travesseiro, e adormeceu.

Acordou com a conversa dos ciprestes na brisa. O ar fresco da noite ainda lhe coroava a testa, mas já uma enxurrada de ouro em pó transbordava do horizonte alagando o vale, e os insetos estremeciam asas prontos a lançar-se ao sol que logo assumiria o comando do dia.

O homem levantou-se. Estava no delicado topo do mundo. Os sons lhe chegavam de longe, suaves como se trazidos nas mãos em concha. Ao alto, cinco pontas verdes ondejavam desenhando o vento.

Eis que encontrei meu tesouro, pensou o homem tomado de paz. E soube que ali construiria sua nova casa.

Uma casa pequena com um bom avarandado, a princípio. Depois, com o passar dos anos, outras casas, dele que havia fundado família, e de outras famílias e gentes atraídas pela sedução daquele lugar. Um povoado inicialmente, transformado em aldeia que desce pela encosta como baba de caracol e que um dia será cidade.

A quem no vale pergunta, já respondem, é a cidade dos cinco ciprestes.

No alto, esquecido, um baú cheio de moedas de ouro dorme no escuro coração da terra, entrelaçado com cinco fundas raízes.

— Curioso — disse o príncipe — algum dia, sei lá quando, ouvi uma história semelhante. Não igual a essa, certamente, mas uma história assim, de tesouro à espera. E de cinco ciprestes. Talvez os cinco ciprestes fossem dez, ou então são duas cidades de cinco ciprestes que moram na minha memória. Mas de uma coisa estou seguro, já estive nessas cidades.

— E não estivemos todos? — os olhos amarelos pareciam sorrir. — Não seria a vida de todos nós — e fez um gesto largo com a mão abrangendo os cavaleiros que ouviam atentos — a procura de um tesouro, o raro tesouro da felicidade?

— Mas o tesouro — rebateu um dos cavaleiros — nem todos o encontram à sombra de cinco ciprestes.

— Nem poderiam — a voz do homem era mansa como se estivesse ele próprio deitado debaixo daquela sombra. — Não são os ciprestes que contam, nessa história, mas a capacidade de reconhecer o lugar onde o tesouro se encontra.

Como se escuras ramagens tivessem começado a farfalhar, calaram-se.

Uma manhã brunida pela luz recebeu os cavaleiros ao acordar. Os cavalos pateavam nos estábulos, prontos para partir. Cães, porcos e galinhas misturavam-se alegremente às crianças em redor das casas. Pessoas assomavam às portas e janelas. Os sons pareciam ter despertado com o fim da chuva, e por toda parte luziam lama e água que o sol em breve secaria.

Não demorou, e entre chamados, vozes, um ondear de plumas e veludos, a comitiva se pôs em sela e partiu. A aldeia, já tão pequena, desfez-se na distância.

Agora, já não era necessário pedir ao homem de olhos amarelos que abrisse seu bornal de histórias. Nem se limitava sua voz aos espaços do repouso. Como se adivinhasse o desejo calado do príncipe, ou atendendo ao seu próprio desejo, *narrava acompanhando o passo dos cavalos, calava-se por vezes diante do fogo, tornava a narrar depois de beber a uma fonte. As histórias enlaçavam-se ao ritmo da viagem. Qualquer momento podia ser aquele que se desdobraria abrindo outra realidade.*

10ª

Entre eles, água e mágoa

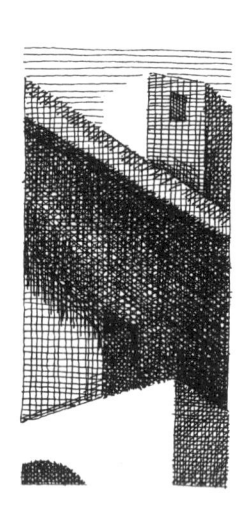

Dois rios se cruzam em uma terra distante, exatamente como se cruzariam duas ruas de uma cidade. E nas quatro esquinas que a água aparta começam – ou acabam, dependendo de onde se olha – quatro pequenos países.

Pequenos são os países, mas não os desejos dos seus governantes.

Reina, no país à esquerda da água que vai para o mar, um velho e rico monarca. Vestido de brocado, coberto de bordados, que nem usa coroa; para testemunhar sua realeza basta-lhe o dinheiro.

Um jovem monarca delgado e gentil comanda o país bem diante daquele. Veludo nos trajes, um pouco de arminho, mais nada.

Abaixo do rico senhor, quem reina é uma dama. Cintura tão fina, pescoço tão alvo, e as mãos como asas de pombo.

São seis os irmãos do país à sua frente. Com barba, sem barba, cabelos vermelhos, turbantes, chapéus emplumados, as vestes compridas. Mas todos, guerreiros.

E a água correndo entre eles.

Nos quatro países, quem mais adiantado, quem menos, constrói-se um castelo.

Tem quatro torres largas e muitas paredes grossas o castelo do rico monarca. Já é o mais alto dos quatro. E é provável que venha a ser coberto de mosaico de ouro, como um palácio menor que se vislumbra ao fundo da rua. Nesse castelo, porém, lá onde não se pode ver porque abaixo da terra já foi construída uma negra masmorra. Não precisará de acabamento, a água que cobre o chão será seu tapete. E o monarca espera que seu ocupante não demore a chegar.

Que diferença do castelo da dama! Suas torres são delgadas como agulhas, nos muros finos abrem-se janelas, e lá onde não se vê porque ainda não foi feito, haverá um viveiro para pássaros grande como um jardim. Muitos trabalham na construção, martelando, desenhando, esculpindo, porque a dama quer seu castelo recortado e leve como uma renda.

Tarefa difícil, quase impossível é erguer o castelo dos seis irmãos. Cada um o quer de um jeito. Cada um exige ter seu próprio mestre construtor. Cada um pretende que se derrube aquilo que o outro mandou construir. E enquanto os operários fazem e desmancham, os irmãos discutem entre si. Só em uma coisa estão de acordo, na grande sala de armas que o castelo terá. E nas seis cavalariças.

O jovem monarca do alto só pede, não manda. Lhe basta uma única torre. E as salas, salões, galerias. Por trás do castelo, na parte mais alta de onde se avista lá longe bem longe um risco de mar, o jovem monarca pretende um mirante, pequeno jardim perfumado de rosas, e nesse jardim, um banco de pedra à sombra de glicínias. No alto da torre, quando esta ficar pronta, o monarca pediu que se fizesse um balcão, voltado em direção ao país da dama.

É ela o desejo maior do jovem. Para olhá-la na distância ou, quem sabe, enviar-lhe mensagens, quer o balcão. Para sentar ao seu lado diante do sol que se deita ou se levanta, quer o banco. E para acolhê-la para sempre está construindo o castelo.

Ignora, o belo rei, que de dia e até de noite, um olhar se pousa à distância sobre o seu reino. Não é o da dama, como ele gostaria, é o do cobiçoso e poderoso vizinho. Olha e olha, avaliando o novo castelo que breve fará seu, pensando que o moço gentil nem saberá resistir quando atacado. Sabe que, para recebê-lo quando o vencer, as aranhas já estão armando suas teias na escuridão da masmorra. E calcula que, dono de dois reinos, a dama não terá motivo para recusá-lo como esposo.

Torre e balcão do jovem, porém, ainda não foram construídos, e a dama desconhece o desejo que lhe acende o peito. Enquanto ele só pensa nela, ela só pensa em ver-se livre de tantos príncipes, monarcas, conselheiros, nobres que a rodeiam, insistentes como insetos, insinuantes como raposas, querendo casar com ela para possuir sua coroa e seu castelo.

Há mais seis, do outro lado do rio, que a cobiçam. Cada um deles só olha na sua direção quando os outros cinco não estão percebendo. Pois cada um sabe que bastará expressar o seu desejo para que, igualmente intenso, idêntico desejo inflame seus irmãos. Então os seis disfarçam seus olhares, e por trás de pálpebras discretas cada um planeja eliminar os outros cinco, casar com a dama e, de posse de dois reinos, avançar sobre os outros dois.

Corre a água entre os quatro países, turva.

Os castelos sobem.

Mas lenta demais é a subida da pedra para um coração enamorado. O jovem rei, sufocado de paixão, ata um bilhete à pata de uma garça e pede-lhe que voe até o país da sua amada. A garça abre as asas.

E estando o monarca cobiçoso à caça na margem do rio, ao ver a garça branca atravessar o céu como uma nuvem, tira o capuz do seu falcão ordenando-lhe que busque a presa. Na pata da garça morta que o falcão lhe traz, a mensagem: "Já não sou dono de mim. Seis rosas tomaram meu jardim, mas sem ninguém que as colha firo-me em seus espinhos. Venha colhê-las e serei salvo".

– Ah! – exclama o velho monarca em voz alta. – Então aconteceu! Nem precisava ter desperdiçado um voo do meu falcão! Os seis prepotentes lá de baixo invadiram o reino do frangote. E é para mim que ele apela. Logo para mim!

– Sim – pensa ainda, astuto – eu poderia ir livrá-lo dos ruivos, e depois cobrar o reino dele como agradecimento. Mas seria um bote e um troco. Só isso. Por que ganhar um reino quando o destino me oferece dois?

O destino, segundo ele, deixou desguarnecido à sua espera o reino dos irmãos invasores. Atacá-lo enquanto estão ausentes, será lucro certo e risco algum. Depois, quando eles descerem para recuperar o que era seu, deixarão desprotegido o reino do fracote, e será hora de apossar-se daquele, enviando logo reforços abaixo para dar cabo, de uma vez por todas, dos seis desastrados. Do reino da dama se ocupará no fim, como de um doce.

– Dois coelhos no mesmo saco – ri ávido o monarca, dando uma palmada na coxa – e pelo preço de um!

Imediatamente ordena que se arme um grandíssimo barco para descer o rio. Ele mesmo irá no comando.

Mas o destino não é o mesmo quando visto do país dos seis irmãos. Um barco armado descendo o rio parece um presente da sorte, que lhes traz aos dentes gosto de espada e sangue. Não para nada são guerreiros. Convocados os súditos, transformados em soldados os que antes eram pedreiros, harmonizados os seis pela ameaça comum, recebem, atacam, destroçam, anulam o invasor. E ainda úmidos da batalha, sem sequer reunir a tropa, sobem os seis com seus cavalos no primeiro barco que encontram, e a remo, a vela, vencem o rio rumo ao reino que havia sido do velho e que, sem defesa, será deles.

No país do monarca agora defunto, os súditos felizes por terem se livrado de um tirano veem um barco com seis pretendentes a tirano avançando rio acima rumo a suas terras. Cinquenta arqueiros na margem não podem errar seis peitos sem couraça. E ainda haverá flechas de sobra para o timoneiro e os remadores. Os cavalos sabem nadar.

Corre a água entre quatro reinos levando o tempo.

Nas margens, só dois castelos avançam em sua construção. Sobre os outros dois, abandonados, avança a hera.

Quando a única torre do castelo do jovem rei estiver terminada, uma pomba com uma mensagem atada à pata deixará o balcão, e irá pousar-se entre as rendas de pedra que rodeiam certa janela.

Não demora, a dama com pescoço de caule, livre de pretendentes, estará sentada ao lado do monarca gentil debaixo de um dossel de glicínias.

Costeavam um rio. Na margem oposta, um gamo, debru-çado sobre a água, bebia.

—A mesma água que eu beberia deste lado, se tivesse sede — disse o príncipe, como se pensasse em voz alta. — E no entanto, ele próprio não bebe dois goles da mesma água.

E deu ordem de parada para dar de beber aos cavalos. Do outro lado, o gamo não se assustou, porque havia ficado para trás.

11ª

história do viajante

Na neve, os caçadores

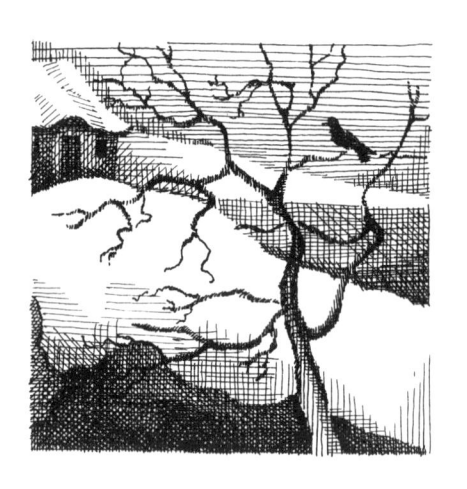

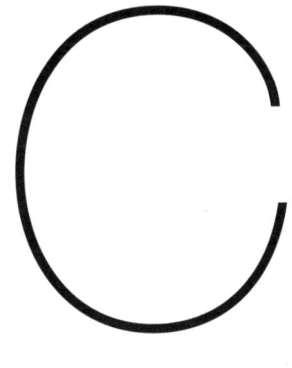urvados ao peso das roupas pesadas e do cansaço, escuros como troncos, três caçadores avançam afundando na neve, a caminho de casa.

O primeiro traz uma fieira de pássaros atados à cintura. Uma lebre desponta do bornal do segundo. Mas é o terceiro que traz pendente do ombro a caça mais rica, raposa vermelha que lhe incendeia as costas como uma labareda e com sua cauda morta traça um rastro no chão.

Outro rastro se desenha sobre a neve, de sangue. A mão do caçador está ferida, e goteja.

No lago gelado abaixo da encosta, crianças brincam. Um tordo canta sobre um galho anunciando a chegada dos homens. Na aldeia, três portas se abrem para recebê-los.

– Aqui está, mulher – diz o homem da mão ferida, descarregando a raposa sobre a grande mesa da cozinha. – Carne por um bom tempo, e pele para nos aquecer.

Dura e longa foi a caçada nesse frio, floresta adentro, até encontrar um casal de raposas. Assim ele conta para a mulher.

– O macho é esse aí – pega a faca para começar a esfola. – A fêmea estava prenhe, deixei.

– E isso na tua mão?

– Foi ela que me mordeu.

A mulher enfaixa a mão num pano branco, logo manchado. E nos muitos dias que se seguem, lava a ferida com chás de ervas, tenta curá-la com emplastros de miolo de pão e teias de aranha. Mas nada aproxima um lado do talho ao outro lado. A ferida continua aberta e sangra.

Lá fora, a paisagem vai mudar nos meses seguintes. O lago irá beber sua casca de gelo, a neve se fará fina até deslizar em regatos, as nuvens se abrirão rendadas deixando penetrar o sol. O inverno passará adiante em busca de outras terras para esfriar.

E agora é primavera, e o tordo canta porque o caçador da mão ferida está saindo de casa a caminho da floresta.

Outra é a floresta quando a grama nasce e os galhos abrem suas brotações. O silêncio imposto pela neve foi substituído por tantos pequenos ruídos e tudo parece mover-se, asas, patas, folhas, talos, tocados pela luz e não por vento.

É nessa floresta, tão diferente daquela mesma que percorreu açoitado pelo frio, que o caçador avança devagar, quase farejando. Atento, pronto a reagir a qualquer presença, depara-se com uma trilha em que nunca havia reparado antes ou que nunca havia visto. E a segue.

A trilha parece recente, serpenteia entre as árvores. Logo, de tanto serpentear, o homem já não sabe ao certo onde se encontra. Sabe que quer tirar a jaqueta porque está com calor. E que tem sede.

Algumas voltas a mais, uma moita de arbustos altos. A trilha acaba atrás dela, tão súbita como começou, deixando o homem diante de uma casa pequena, quase uma cabana. À porta, uma mulher varre. É jovem, ruiva, e não se assusta quando ele chega.

– Bons ventos me trazem – diz o homem em saudação. Tira o chapéu, tenta um meio sorriso, diz que se perdeu, faz calor, e tem sede. Poderia ela dar-lhe água?

A mulher encosta a vassoura, limpa as mãos no avental e, sem responder, entra na casa. Volta trazendo água num prato fundo.

Tão pobrezinha que nem copo tem, pensa o homem. E bebe sentindo nos lábios o frescor da louça.

– Quer mais? – pergunta ela. Os olhos sorriem.

– Não, obrigado.

O homem enxuga a boca com a mão enfaixada.

A mulher diz que ele deve estar cansado. E ele está. Diz que deve estar com fome. E ele está. Convida-o a entrar, comer alguma coisa. E ele entra.

Lá dentro, seis crianças pequenas, da mesma idade, estão sentadas ao longo da mesa, comendo. Seis cabecinhas ruivas se voltam para ele. O homem acaricia a mais próxima.

É nesse gesto, como se o completasse, que a mulher se achega. Colhe a mão, desfaz a atadura e docemente, muito docemente, começa a lamber a ferida.

Sobre o talho que aos poucos se fecha, pelos vermelhos despontam e, como um arrepio que percorre o corpo, se alastram braço acima, tomam o peito, invadem toda a pele.

Ao redor da mesa, seis cabecinhas se debruçam sobre a comida, seis bocas pequenas voltam a mastigar sua carne crua.

Um dia de ausência não é coisa que surpreenda, na aldeia do homem. Nem dois dias, nem três. Mas passada uma semana sem que ele regresse, seus dois companheiros partem à procura.

Não precisam de trilha. No chão, o gotejar do sangue deixou rastro. Um rastro que serpenteia entre árvores, e que os leva até uma alta moita de arbustos. Atrás da moita, os dois companheiros de caçada deparam-se com uma cova escavada entre velhos troncos. Na cova, um casal de raposas defende seus seis filhotes.

Cavalgavam na última luz. Os tordos, ou que outros pássaros vivessem ali, já se haviam recolhido. Mas antes mesmo de apear, como se desejasse interpor um tempo mais longo entre suas palavras e o sono, o homem dirigiu-se ao príncipe em voz baixa, deitando a seus pés um brilho de sangue e espada.

12ª

história do viajante

Como se fosse

De nada adiantou a couraça contra o fio da espada. O sangue jorrou entre as frestas metálicas e o jovem rei morreu no campo de batalha. Tão jovem, que não deixava descendente adulto para ocupar o trono. Apenas, da sua linhagem, um filho menino.

Antes mesmo que a tumba fosse fechada, já os seus fiéis capitães se reuniam. A escolha de um novo rei não pode esperar. E determinaram que o menino haveria de reinar, a coroa lhe cabia de direito. Que começassem os preparativos para colocá-la sobre sua cabeça.

Aprontavam-se as festas da coroação, enquanto os capitães instruíam o menino quanto ao seu futuro. Mas porque o rei seu pai havia sido muito amado pelo povo e temido pelos inimigos, e porque o rosto do menino era tão docemente infantil, uma decisão sem precedentes foi tomada.

No dia da grande festa, antes que a coroa fosse pousada sobre os cachos do novo rei, a rainha sua mãe avançou e, diante de toda a corte, prendeu sobre seu rosto uma máscara com a efígie do pai. Assim ele haveria de ser coroado, assim ele haveria de governar. E os sinos tocaram em todo o reino.

Muitos anos se passaram, muitas batalhas. O menino rei não era mais um menino. Era um homem. Acima da máscara seus cabelos começavam a branquear. Seu reino também havia crescido. As fronteiras extensas exigiam constante defesa.

E na batalha em que defendia a fronteira do Norte, acossado pelos inimigos, o rei foi abatido no fundo de uma ravina, sem que de nada lhe valesse a couraça.

Antes que fechasse os olhos, acercaram-se dele seus capitães. Retiraram o elmo. O sangue escorria da cabeça. O rei ofegava, parecia murmurar algo. Com um punhal cortaram as tiras de couro que prendiam a máscara. Soltou-se pela primeira vez aquele rosto pintado ao qual todos se haviam acostumado como se fosse carne e pele. Mas o rosto que surgiu por baixo dele não era um rosto de homem. A boca de criança movia-se ainda sobre mudas palavras, os olhos do rei faziam-se baços num rosto de menino.

Sons de lâmina contra lâmina ecoaram na lembrança do príncipe. Filho menino havia sido ele também, de pai morto a despeito da couraça.

— Uma máscara é proteção de nada, que não defende contra gume e fio — disse depois de algum tempo, como se voltasse.

— Depende, senhor, do que se pretende proteger — respondeu o outro.

Mas, não querendo que o jovem monarca entrasse ferido no sono, levou-o a ele pela mão, por outro caminho.

Antes que chegue a manhã

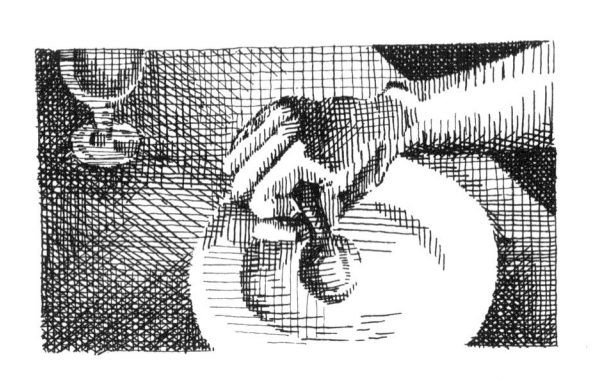

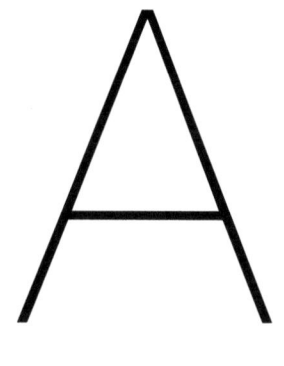Acabada a sopa de nabos, um ferreiro cochilou por instantes junto ao fogo, depois foi deitar-se ao lado da esposa, soprou a vela e adormeceu.

Sonhou que subia em uma carruagem. Os cavalos galopavam, galopavam, e embora a noite fosse interminável, logo chegaram a uma cidade e pararam diante de uma edificação nobre e grandiosa. O ferreiro saltou, atravessou o grande umbral, subiu a escadaria de pedra. Seus pés conheciam cada degrau. Chegando ao alto, abriu a segunda das muitas portas de uma longa galeria e, apressado para não ser colhido pela manhã, despiu-se e meteu-se entre os lençóis na grande cama de dossel vermelho. O dossel ondulou de leve, sua cabeça despencou no sono.

Acordou com a primeira luz da manhã varando janela e cortinado. Suas roupas estavam na cadeira. Vestiu-se rapidamente, abriu a porta, desceu a escadaria, e entrou na carruagem.

Os cavalos galoparam, galoparam e embora o dia parecesse não ter fim, logo era noite e chegaram a uma aldeia. Pararam diante de uma casa. O ferreiro saltou, empurrou a porta que sua mão conhecia tão bem, sentou-se à mesa e começou a comer. Acabada a sopa de nabos, cochilou por alguns minutos junto ao fogo, depois foi deitar-se com a esposa, apagou a vela como quem apaga o dia, e entregou a cabeça ao travesseiro.

Lá fora, a carruagem esperava.

A comitiva avançava, mas sem pressa. Pois não havia dito o jovem senhor daquelas terras que queria visitá-las? E as visitava com vagar. Atardavam-se costeando rios que deveriam apenas atravessar, alcançando, para caçar, pequenos bosques que os desviavam do caminho, alongando em curvas um percurso que teria sido bem menor em linha reta. Observando os rumos daquele punhado de homens montados, que os serviçais a pé e algumas mulas acompanhavam, qualquer um diria que a demora era intencional.

14ª
história do viajante

De muito procurar

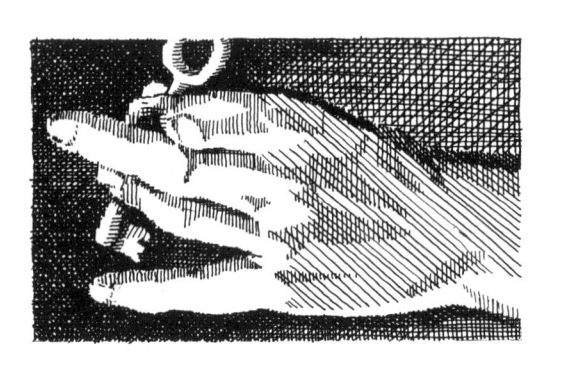

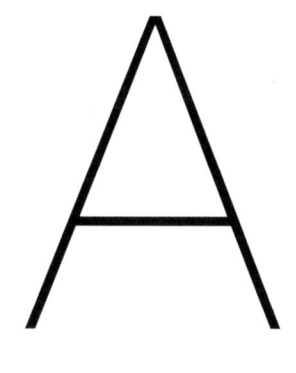quele homem caminhava sempre de cabeça baixa. Por tristeza, não. Por atenção. Era um homem à procura. À procura de tudo o que os outros deixassem cair inadvertidamente, uma moeda, uma conta de colar, um botão de madrepérola, uma chave, a fivela de um sapato, um brinco frouxo, um anel largo demais.

Recolhia, e ia pondo nos bolsos. Tão fundos e pesados, que pareciam ancorá-lo à terra. Tão inchados, que davam contornos de gordo à sua magra silhueta.

Silencioso e discreto, sem nunca encarar quem quer que fosse, os olhos sempre voltados para o chão, o homem passava pelas ruas desapercebido, como se invisível. Cruzasse duas ou três vezes diante da padaria, não se lembraria o padeiro de tê-lo visto, nem lhe endereçaria a palavra. Sequer ladravam os cães, quando se aproximava das casas.

Mas aquele homem que não era visto, via longe. Entre as pedras do calçamento, as rodas das carroças, os cascos dos cavalos e os pés das pessoas que passavam indiferentes, ele era capaz de catar dois elos de uma correntinha partida, sorrindo secreto como se tivesse colhido uma fruta.

À noite, no cômodo que era toda a sua moradia, revirava os bolsos sobre a mesa e, debruçado sobre seu tesouro espalhado, colhia com a ponta dos dedos uma ou outra mínima coisa, para que à luz da vela ganhasse brilho e vida. Com isso, fazia-se companhia. E a cabeça só se punha para trás quando, afinal, a deitava no travesseiro.

Estava justamente deitando-se, na noite em que bateram à porta. Acendeu a vela. Era um moço.

Teria por acaso encontrado a sua chave? perguntou. Morava sozinho, não podia voltar para casa sem ela.

Eu... esquivou-se o homem. O senhor, sim, insistiu o moço acrescentando que ele próprio já havia vasculhado as ruas inutilmente.

Mas quem disse... resmungou o homem, segurando a porta com o pé para impedir a entrada do outro.

Foi a velha da esquina que se faz de cega, insistiu o jovem sem empurrar, diz que o senhor enxerga por dois.

O homem abriu a porta.

Entraram. Chaves havia muitas sobre a mesa. Mas não era nenhuma daquelas. O homem então meteu as mãos nos bolsos, remexeu, tirou uma pedrinha vermelha, um prego, três chaves. Eram parecidas, o moço levou as três, devolveria as duas que não fossem suas.

Passados dias bateram à porta. O homem abriu, pensando fosse o moço. Era uma senhora.

Um moço me disse... começou ela. Havia perdido o botão de prata da gola e o moço lhe havia garantido que o homem saberia encontrá-lo. Devolveu as duas chaves do outro. Saiu levando seu botão na palma da mão.

Bateram à porta várias vezes nos dias que se seguiram. Pouco a pouco espalhava-se a fama do homem. Pouco a pouco esvaziava-se a mesa dos seus haveres.

Soprava um vento quente, giravam folhas no ar, naquele fim de tarde, nem bem outono, em que a mulher veio. Não bateu à porta, encontrou-a aberta. Na soleira, o homem rastreava as juntas dos paralelepípedos. Seu olhar esbarrou na ponta delicada do sapato, na barra da saia. E manteve-se baixo.

Perdi o juízo, murmurou ela com voz abafada, por favor, me ajude.

Assim, pela primeira vez, o homem passou a procurar alguma coisa que não sabia como fosse. E para reconhecê-la, caso desse com ela, levava consigo a mulher.

Saíam com a primeira luz. Ele trancando a porta, ela já a esperá-lo na rua. E sem levantar a cabeça – não fosse passar inadvertidamente pelo juízo perdido – o homem começava a percorrer rua após rua.

Mas a mulher não estava afeita a abaixar a cabeça. E andando, o homem percebia de repente que os passos dela já não batiam ao seu lado, que seu som se afastava em outra direção. Então parava, e sem erguer o olhar, deixava-se guiar pelo taque-taque dos saltos, até encontrar à sua frente a ponta delicada dos sapatos e recomeçar, junto deles, a busca.

Taque-taque hoje, taque-taque amanhã, aquela estranha dupla começou a percorrer caminhos que o homem nunca havia trilhado. Quem procura objetos perdidos vai pelas ruas mais movimentadas, onde as pessoas se esbarram, onde a pressa leva à distração, ruas onde vozes, rinchar de rodas, bater de pés, relinchos e chamados se fundem e ondeiam. Mas a mulher que andava com a cabeça para o alto ia onde pudesse ver árvores e pássaros e largos pedaços de céu, onde houvesse panos estendidos no varal. Aos poucos, mudavam os sons, chegavam ao homem latidos, cacarejar de galinhas.

O olhar que tudo sabia achar não parecia mais tão atento. O que procurar afinal entre fios de grama senão formigas e besouros? Os bolsos pendiam vazios. O homem distraía-se. Um caracol, uma poça d'água prendiam sua atenção, e o vento lhe fazia cócegas. Metia o pé na pegada achada na lama, como se brincasse.

Taque-taque, conduziam-no os pés pequenos dia após dia. Taque-taque, crescia aquele som no coração do homem.

Achei! exclamou afinal. E a mulher sobressaltou-se. Achei! repetiu ele triunfante. Mas não era o que haviam combinado procurar. Na grama, colhida agora entre dois dedos, o homem havia encontrado a primeira violeta da primavera. E quando levantou a cabeça e endireitou o corpo para oferecê-la a ela, o homem soube que ele também acabava de perder o juízo.

15ª

história do viajante

De torre em torre

Tudo era veludo, ouro e farfalhar de sedas naquele casamento. A noiva, tão jovem! Depois, os esposos sentados à mesa do banquete. E os músicos, as carnes, o vinho derramado nas toalhas.

Porém, partidos os convivas, apagadas as muitas velas, que tão escuro o castelo!

Ao marido, mais do que o traje de caça ou as roupas de casa, cabia a couraça. Que dentro de poucos dias vestiu, partindo para defender terras alheias.

Quanto demoraria não disse. E a jovem esposa começou a esperar.

Ninguém para fazer-lhe companhia. Só a um canto, calada e quase cega, a velha ama do castelão. Para encher os dias, a moça cantava, conversava sozinha diante dos espelhos, brincava de pegar e de correr com sua própria sombra. Passou-se um ano. Que ela contou, por ser o primeiro. O tempo que passou depois, passou sem conta.

Afinal abriu-se a grande porta do castelo, e seu dono entrou no pátio, a cavalo.

A esposa ainda se detinha um momento no quarto, enfeitando-se para que ele a visse bonita, e já a velha ama se acercava daquele que havia criado, e lhe murmurava coisas ao ouvido. O que disse não se sabe. Talvez que a esposa havia brincado de pegar com amigos, talvez que conversava com amantes, e que cantava, que cantava alegre. O que se sabe é que o rosto do cavaleiro fez-se escuro como seu castelo.

Quando a esposa chegou, antes que sequer o abraçasse, ordenou que fosse presa em seus aposentos. Depois mandou erguer uma torre isolada, em cujo quarto mais alto ela haveria de permanecer trancada para sempre. Não disse, mas fez dizer, que a jovem havia enlouquecido.

Só quando viu a sombra dela por trás da janela gradeada no topo da torre, o castelão vestiu novamente a couraça. Outras batalhas o esperavam.

Dessa vez, ninguém contou sequer o primeiro ano. Mas quando o senhor voltou ao castelo não chegou sozinho com seus soldados. Trazia uma esposa, tão jovem e sorridente quanto a primeira.

Sorriu ainda durante algum tempo. Ao término do qual seu marido partiu, deixando-a sozinha e sem qualquer motivo para alegria.

Fechada atrás dele a grande porta, os dias pareceram alongar-se como sombras. Nada havia com que se distrair. Silenciosa, a jovem perambulava pelas salas vazias, perdia-se nos mudos corredores. Os espelhos devolviam sua imagem, o eco devolvia seus passos. O tempo demorava a passar.

Afinal, os cascos bateram sobre as pedras. De novo sorridente, a jovem debruçou-se na sacada para receber o marido. Lá embaixo, no pátio, a velha ama já lhe murmurava coisas ao ouvido.

O que lhe disse, como saber? Talvez, que sua jovem esposa desaparecia misteriosamente durante horas e horas. Talvez que nos corredores ecoavam duplos passos. O que se sabe é que a escuridão desceu sobre o rosto do cavaleiro.

Antes que a esposa alcançasse o último degrau, indo ao seu encontro, a ordem de aprisioná-la havia sido dada.

Outra torre foi erguida. Logo, todos souberam que a segunda esposa do senhor havia perdido a razão.

Mas um homem não pode ficar só. E passado o tempo do luto – pois como se estivessem mortas comportava-se o senhor – uma nova mulher foi trazida, um pouco menos jovem que as outras, um pouco menos sorridente. Que como as outras foi deixada sozinha longamente, e em seguida trancada em sua torre.

Sozinho um homem não pode ficar. Houve outras esposas.

E havia tantas torres naquela cidade quanto troncos, quando o senhor partiu para uma guerra além-mar. Mais distante que as outras. Mais longa.

Os cascos demoraram a bater nas pedras. Já quase não se esperava por eles. E quando seu som se fez ouvir, não era o Senhor que chegava, com seu cavalo. Era um mensageiro trazendo a notícia de que em terras do Oriente o Senhor havia morrido de estranho mal. O homem disse as últimas palavras da mensagem, levou a mão à garganta como quem tem sede, e caiu, em estertores. A seu lado, no chão, o cavalo espumava. Com a notícia, haviam trazido o mal.

Primeiro morreram os velhos e as crianças. Quando os homens começaram a morrer, e as mulheres, os jovens que ainda não haviam sucumbido enterraram os mortos, pegaram o pouco que podiam pegar e entregaram a cidade ao vento.

Batem as portas das casas deixadas abertas. Ladra o último cão nas ruas vazias. A cidade abandonada vai entrando na noite. Mas antes que o sol se ponha, um cantar se levanta de uma das torres. Outro lhe responde, também vindo do alto. Depois outro. E outro. E mais outro. Nos quartos gradeados, as mulheres soltam sua voz. Que em toda a planície se escuta.

Entre uma curva e outra, entre um jogo de dados e uma disputa de arco e flecha, os contos escorriam para dentro da viagem...

16ª

história do viajante

Quase tão leve

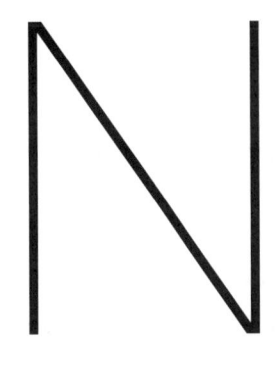aquela manhã de primavera o inesperado aconteceu, o velho monge não conseguiu voar. Havia feito suas abluções, havia meditado longamente e longamente repetido as palavras sagradas. Havia elevado o espírito, mas o corpo, ah! o corpo não abandonara seu peso.

Com certeza, pensou o velho penitenciando-se, faltou-me a fé. E humildemente voltou a purificar-se na água gelada e, nu no ar cortante, orou até sentir-se tomado pelo calor de mil sóis. Mas, luminosa embora sua alma, não houve meio do corpo pairar acima do chão.

Onde, onde falhei? perguntava-se o velho do fundo da sua sabedoria. E não encontrando em si mesmo a resposta, envolveu-se no pano áspero que era toda a sua indumentária e, cajado na mão, saiu caminhando à procura.

Não precisou andar muito para chegar ao grande carvalho que se erguia perto do mosteiro. Ali, em fins de tarde, tantos e tão ruidosos eram os pássaros, que cada folha parecia ter asas. O velho olhou longamente os pássaros, àquela hora ocupados com suas crias, seus ninhos, sua interminável caça de insetos. Parecia justo e fácil que se movessem no ar. Talvez sejam mais puros, pensou. E querendo pôr à prova a pureza do seu próprio corpo, permaneceu por longo tempo de pé, debaixo da copa, até ter ombros e cabeça cobertos de excrementos das aves.

Porém aquele corpo magro e pequeno, aquele corpo quase tão leve quanto o de um pássaro, negava-se a dar-lhe a felicidade do voo. E o velho recomeçou a andar.

Caminhando, olhava o céu ao qual sentia não mais pertencer. Ouviu o grito do gavião e o viu abater-se, altivo e feroz, sobre uma presa. Até ele, que agride os mais fracos, tem o direito que eu não mereço, pensou contrito. E mais andou. Viu o azul cortado por um bando de patos selvagens em migração. Lá se vão, de uma terra a outra, de um a outro continente, disse em silêncio o velho, enquanto eu não sou digno nem de mínimas distâncias. E mais andou. E viu as andorinhas e viu o melro e viu o corvo e viu o pintassilgo, e a todos saudou, e a todos prestou reverência.

O dia chegava ao fim. Sombras aladas cortavam a escuridão, morcegos e insetos cruzavam-se nas sombras. Ainda sem resposta e já sem forças, o velho monge sentou-se frágil sobre as pernas cruzadas, repousou as mãos no colo, meditou. Vagalumes acendiam por instantes o espaço à sua frente. Empoeirado, sujo, com pés e mãos cheios de impurezas, o velho ainda assim sentiu-se mais leve e abençoado do que havia estado de manhã. Seu corpo não ascendia. Pelo contrário, pesava mais sobre o solo do que pesa um pássaro pousado. Mas aos poucos a paz iluminava intensíssima sua alma porque, do seu corpo, delgadas e pálidas como se extensão da própria pele, raízes brotavam, logo mergulhando chão adentro. Seu tempo do ar havia acabado. Começava agora para ele o tempo da terra, daquela terra que em breve o acolheria.

... e incorporados à viagem, se confundiam com ela.

17ª

história do viajante

Do seu coração partido

Sentada junto à sacada para que com a luz lhe chegasse a vida da rua, a jovem costurava o longo traje de seda cor de jade que alguma dama iria vestir.

Essa seda agora muda – pensava a costureira enquanto a agulha que retinha nos dedos ia e vinha – haveria de farfalhar sobre mármores, ondeando a cada passo da dama, exibindo e ocultando nos poços das pregas seu suave verde. O traje luziria nobre como uma joia. E dos pontos, dos pontos todos, pequenos e incontáveis que ela, aplicada, tecia dia após dia, ninguém saberia.

Assim ia pensando a moça, quando uma gota de sangue caiu sobre o tecido.

De onde vinha esse sangue? perguntou-se em assombro, afastando a seda e olhando as próprias mãos limpas. Levantou o olhar. De um vaso na sacada, uma roseira subia pela parede oferecendo, ao alto, uma única rosa flamejante.

– Foi ela – sussurrou o besouro que parecia dormir sobre uma folha. – Foi do seu coração partido.

Esfregou a cabeça com as patinhas. – Sensível demais, essa rosa – acrescentou, não sem um toque de censura. – Um mancebo acabou de passar lá embaixo, nem olhou para ela. E bastou esse nada, essa quase presença, para ela sofrer de amor.

Por um instante esquecida do traje, a moça debruçou-se na sacada. Lá ia o mancebo afastando-se num esvoejar da capa em meio às gentes e cavalos.

– Senhor! Senhor! – gritou ela, mas nem tão alto, que não lhe ficaria bem. E agitava o braço.

O mancebo não chegou a ouvir. Afinal, não era o seu nome que chamavam. Mas voltou-se assim mesmo, voltou-se porque sentiu que devia voltar-se ou porque alguém ao seu lado virou a cabeça de súbito como se não pudesse perder algo que estava acontecendo. E voltando-se viu, debruçada no alto de uma sacada, uma jovem que agitava o braço, uma jovem envolta em sol, cuja trança pendia tentadora como uma escada. E aquela jovem, sim, aquela jovem o chamava.

Retornar sobre os próprios passos, atravessar um portão, subir degraus, que tão rápido isso pode acontecer quando se tem pressa. E eis que o mancebo estava de pé junto à sacada, junto à moça. Ela não teve nem tempo de dizer por que o havia chamado, que já o mancebo extraía seu punhal e, de um golpe, decepava a rosa para lhe oferecer.

Uma última gota de sangue caiu sobre a seda verde esquecida no chão. Mas a moça costureira, que agora só tinha olhos para o mancebo, nem viu.

18ª

história do viajante

Um homem, frente e verso

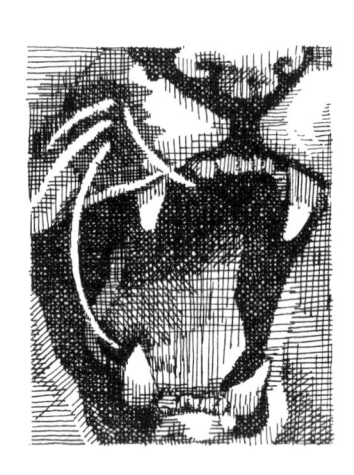

Engolia sua magra refeição e despedia-se da mulher e dos filhos como se não fosse voltar. Ia ao campo. E no campo, inclinado sobre a terra, como saber quando um tigre se aproximaria silencioso por trás, preparando o bote?

Porém sempre voltava, para um sono povoado de pesadelos e as despedidas na manhã seguinte.

Quando um companheiro seu foi devorado três sulcos adiante daquele em que afundava mudas, ouviu os gritos antes de qualquer ruído das patas felpudas. Havia sido perto demais, dessa vez. E à noite, em casa, decidiu se defender. Não voltaria desarmado para o campo.

Amassou argila, moeu pigmentos no pilão e, usando seu próprio rosto como molde, deu forma à máscara. Depois, ainda úmida, acrescentou-lhe chifres, orelhas como asas de morcego, e espessas sobrancelhas arqueadas. Aumentou o nariz, à boca deu expressão aterrorizante que acentuou com a pintura. Só depois de pronto o trabalho, deitou-se para dormir o pouco que restava da escuridão. Não teve sonhos.

De manhã, despediu-se mais leve, quase alegre. E antes mesmo de chegar ao campo, prendeu a máscara sobre a parte de trás da cabeça. Agora era um homem de dois rostos, e ninguém o pegaria desprevenido quando se inclinasse para o seu fazer.

Sol ao alto, sombra a pino, calou-se um pássaro sobre o galho. O silêncio, mais do que qualquer mínimo estalar, advertiu o homem. Levantou-se paralisado por longos instantes, oferecendo a visão do falso rosto medonho. Quando virou a cabeça, um corpo listrado fugia entre bambus.

– Covarde! – gritou o homem em sua direção. – Covarde! – repetiu com voz já toldada, erguendo os braços em gesto de vitória.

E riu e chorou, todo ele sacudido por tremores de medo e de emoção.

Foi um homem vencedor que a família recebeu em casa aquela noite. Repetiu sua história uma, duas, tantas vezes que por fim o próprio relato despertou nele desejo de novas vitórias. Aprimoraria a sua artimanha, com esperteza haveria de espantar não uma, mas quantas feras viessem.

Surpreendeu-se a mulher na manhã seguinte, vendo que o marido vestia a roupa ao contrário, a camisa abotoada nas costas, e por cima, também de trás para a frente, o colete usado somente no dia do casamento.

– A arapuca está completa – o homem riu, beijando-a na testa. Prendeu a máscara e se foi pelos caminhos, pensando que agora, quando se levantasse, seria um homem inteiro e assustador dos dois lados.

Sol a pino, os pássaros cantando. Um graveto estalou atrás do homem. Outro. O coração uivou no seu peito. Levantou-se devagar, ordenando às pernas que parassem de tremer.

O tigre saiu cauteloso do bosque de bambus. Estava esfaimado, a caça rareava, afugentada por tantas plantações, tantas presenças. Farejava caça, porém humana, a menos desejável. Avançou alguns passos, o ventre baixo, quase rente ao chão. À frente, um humano estava debruçado sobre os sulcos. Temeu que fosse um ser disforme, de cabeça ao contrário, como o que havia encontrado no dia anterior, criatura inexistente que não se atreveria a comer. Mas lentamente o humano levantou-se, e o tigre o viu de frente, igual a qualquer outro humano comestível. Num só salto, o devorou.

Atravessavam uma floresta. Sem feras, que ali não as havia, um ou outro lobo, talvez, javalis. Nenhum tigre lhes saltaria às costas. E no entanto, avançando na penumbra lançada pelas copas fechadas, entre as colunatas dos troncos, todos aqueles homens valentes sentiam-se perpassar por uma ponta de estremecimento, cada qual levando seu próprio tigre no peito.

O riso acima da porta

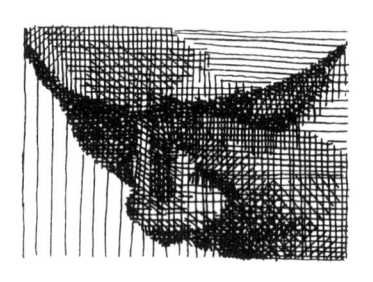

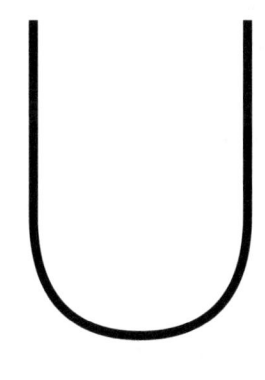m homem foi condenado a morte por um crime que não havia cometido. Havia cometido outros em sua vida, mas não aquele. Assim mesmo foi decapitado, e sua cabeça pendurada pelos cabelos acima da porta da sua casa, para que todos soubessem o destino que aguardava aqueles considerados culpados pelo rei.

As chuvas haviam-se atrasado mais que de costume. Abrasava. O sol já surgia incendiando as primeiras horas do dia, e continuava escaldante quando a noite já deveria ter chegado. Um sopro de fornalha embalava a cabeça lentamente.

E nesse sopro, e nesse sol, a cabeça do homem aos poucos secava. Não como um fruto, que amadurece por dentro com seu sumo, mas como um couro, que se enxuga por igual. E, secando, encolhia a pele sobre os ossos, fazia-se o rosto mais magro, entreabriam-se os lábios antes fechados. Os dentes demoraram um pouco a aparecer, mas logo foi como se aquela cabeça estivesse a rir para o mundo.

Aconteceu que naquela rua passasse o carrasco. E vendo a cabeça sobre a porta surpreendeu-se. Pois ali estava o homem que havia decapitado não fazia muito tempo. E ria.

– Que magnífico carrasco sou eu – pensou deliciado. – Tamanha foi a precisão com que separei essa cabeça do seu corpo, que o homem nem se deu conta, e sentindo, talvez, um arrepio de cócegas no pescoço, riu.

Na verdade, o carrasco havia sido até então homem de poucos cuidados que executava seu trabalho sem convicção e sem capricho. O machado que utilizava há muito havia perdido o fio, o cabo era áspero, e ele o manejava apenas para livrar-se da tarefa, sem pensar na qualidade do serviço ou em poupar sofrimento a quem, ajoelhado, esperava a lâmina.

Mas voltando para casa aquela noite, inflado de orgulho, relatou à família o fato que punha em outra luz o seu trabalho. E terminado o jantar, levantou-se para ir afiar o machado.

Desde o dia da execução, a esposa do homem entrava em casa de cabeça baixa, olhos postos no chão, para não ver o que sobrava daquele com quem durante tantos anos havia compartilhado a cama. Mas uma tarde, acompanhando o grito de uma ave, olhou para cima. E, como se a esperasse, lá estava o claro riso do marido.

– Que má esposa fui eu! – lamentou-se a mulher, refugiando-se na escuridão protetora da casa. – Ranzinza e impaciente, mais reclamei do que vivi ao seu lado. Fui leite azedo em sua boca, sem jamais tratá-lo com o carinho devido a um marido. E agora ele ri, para fazer-me saber que melhor estar na eternidade, do que comigo.

Assim dizia, e assim havia sido. Porque a vida era dura e os afazeres áridos, esquecera de ver as coisas boas que entremeavam seu cotidiano. E mesmo agora, ao levantar a cabeça atrás do grito da ave, não o havia feito para admirá-la, mas para amaldiçoá-la por defecar nas suas roupas estendidas.

Como se o marido a tivesse mordido com seus brancos dentes, cravou-se na alma da mulher a lembrança daquele riso, e abriram-se seus olhos para delicadezas até então ignoradas.

Acendendo a lamparina ao escurecer, a filha do homem disse uma noite para a mãe:

– Meu pai riu para mim.

E mais não disse, porque o que lhe ia no pensamento era tão precioso que só a ela cabia. Secreta, latejava nela a certeza de que, ao passar para o outro lado da vida, o pai havia finalmente percebido o quanto ela era doce e valente. Seu riso lhe dizia agora que ele não mais lamentava não ter tido um filho varão, mas exibia ao mundo sua alegria por ter tido uma filha a enriquecer-lhe a vida.

As primeiras nuvens anunciando a chuva acavalavam-se no horizonte, quando veio a passar por aquela rua o autor do crime pelo qual o homem fora condenado.

E olhando para o alto, viu a cabeça que havia rolado sob o machado em lugar da sua. O sorriso do outro o feriu como lâmina.

– Com que então – murmurou em silêncios – ele, que foi vítima, está feliz e risonho debaixo do sol, enquanto eu, responsável pela sua desgraça, vivo afundado na escuridão da culpa.

Ao tentar fugir de um crime, cometera outro por omissão. E desde então, o peso de ambos o esmagava.

Pensando no riso que ele próprio viria a ter, o criminoso foi entregar-se à justiça.

As nuvens fecharam-se como granito diante do sol, e toda a água retida naqueles meses desabou na escuridão. Entregue ao vento, a cabeça pendente dançou de um lado a outro, sacudiu-se na ponta da sua crina, abriu a boca em último esgar. Até desabar, num estalar de ossos desfeitos, que a trovoada encobriu.

Mas, apesar da demora, apesar dos pequenos subterfúgios para atrasar a hora da chegada, via-se ao longe uma cordilheira escura barrando o caminho, e não era cordilheira que se pudesse escalar. Era a muralha da fronteira, para a qual se dirigiam desde o início.

Poça de sangue em campo de neve

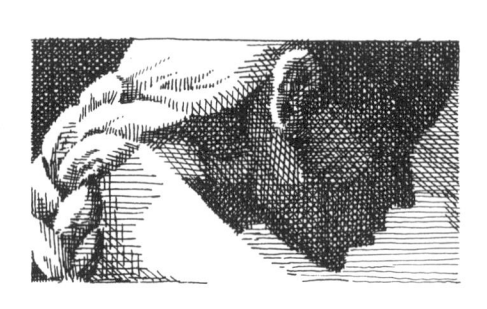

Desde pequena gaguejava. A mais simples palavra era corredeira que a arrastava ricocheteando entre letras e sílabas, distante, tão distante o ponto de chegada. E as frases, ah! as frases não eram para ela. Que diferença do seu pensamento fluido, da limpidez dos diálogos que armava na imaginação. Mas ninguém ouvia seu pensamento, e aos poucos ela havia se tornado esquiva e solitária.

Solitária assim, como casá-la? perguntava-se o pai angustiado pelo aproximar-se da velhice. Se lhe desse um bom dote, talvez. Dinheiro não tinha, terras não possuía. Seu único bem, além da filha, era um urso amestrado com que se exibia nas feiras. Mas a filha era seu bem maior, e o pai deu-lhe o urso, que lhe servisse ao menos para ganhar a vida.

Sempre ela havia visto o pai partir levando o urso atado pelo pescoço, prisioneiro da focinheira. Chegada a sua vez, soltou a corda, tirou a focinheira e, afundando os dedos no pelo duro, montou no dorso. Foi assim, ondulando aos passos da fera, silhueta delicada pousada sobre a massa escura, que se afastou lentamente do olhar do pai, até abandoná-lo por completo.

Andaram os dois por muitos caminhos. A princípio, ela tentou abrigar-se em hospedarias, mas como os estalajadeiros recusassem a presença do urso e ela não aceitasse deixá-lo, acostumou-se a dormir com ele nos celeiros, aquecida pela palha e pelo corpanzil. Partilhavam a comida que ela conseguia, os peixes que debruçado sobre rio ou lago ele pescava com as garras afiadas. E apresentavam--se nas feiras.

Ao contrário do pai, ela não levava instrumento. Seu instrumento era a sua própria voz. Pois impedida de falar como todos, menina ainda, havia povoado sua solidão cantando como ninguém, e era cantando que se comunicava. Agora, chegando a cidades e povoados no dorso do urso, cantava pelas ruas anunciando o seu número, chamando para a feira. E as pessoas acorriam atraídas por aquela voz de guiso e pássaro, para ver como em meio à praça um urso dançava acompanhando-a com graça inesperada. Findo o número, moedas tilintavam sobre o lajeado.

Com sua primeira moeda de prata a moça do urso comprou um xale bordado, com sua primeira moeda de cobre comprou uma flor de seda vermelha que prendeu na ponta da trança.

Eis que uma tarde, o nobre Senhor daquela comarca regressava ao castelo após uma caçada quando, sobre uma ponte, seu cavalo assustado pelo atravessar de um esquilo empinou-se, derrubando-o. Lá se foi o Senhor, pernas ao alto, para dentro do rio, para dentro da água em espumas que, prontamente, o carregou. Gritam do alto da ponte os cavaleiros do séquito. Da água, ninguém responde.

Inconsciente, mole como um trapo, o Senhor foi carregado rio abaixo. E teria certamente se afogado não fossem afiadas garras de urso arrancá-lo dos rodamoinhos.

Deitado sobre a grama, envolto em seus veludos encharcados e na névoa do seu desmaio, o Senhor ouviu uma voz dulcíssima que o chamava e, lentamente para não quebrar o encantamento, abriu os olhos.

A seu lado, ajoelhada, uma jovem lhe dirigia cantando algumas palavras. O senhor teve apenas o tempo de ver atrás dela a escura ameaça de um urso, e já os seus cavaleiros chegavam num estrépito de cascos e vozes, para reconduzi-lo ao castelo.

Aquela noite, em sua cama, o Senhor demorou a encontrar o sono. Que moça era aquela que cantava como os outros falam? Vinda da lembrança uma voz chamava. E era mel.

Uma ordem a mais nada significava para o Senhor. Que se encontre a moça! ordenou no dia seguinte. Queria tê-la para si.

Logo a encontraram, pois não havia outra como ela, nem podiam falhar ou demorar-se os emissários. E montada em seu urso, carregando suas poucas coisas envoltas no xale, atravessou entre guardas os portões do castelo.

Aquela noite, um banquete encheu de música e de risos as grandes salas, e muitas taças foram erguidas celebrando a satisfação do Senhor. Mas a moça pouco cantou, pois falar não queria. Antes mesmo do fim do banquete, acesas ainda tochas e lareiras, retirou-se o Senhor para os seus aposentos levando-a pela mão.

No quarto, estendida como um cobertor sobre a grande cama carmesim, esperava-os a pele do urso, que o Senhor havia mandado arrancar.

O sol deitava-se há algum tempo sobre o mármore do piso, quando o Senhor levantou-se. Afazeres o esperavam. Vestiu-se e, sem despedir-se dela que fingia dormir, deixou o aposento.

A porta bateu, os passos se afastaram, ela ainda ouviu vozes no corredor, depois mais nada. Rápida, levantou-se. Arrancou os lençóis da cama, tirou as fronhas, despiu sua camisola, embolou os tecidos com as mãos, e com eles foi recheando a pele de negro pelo. Depois procurou entre suas coisas, tirou uma agulha, e começou a costurar a pele com pontos firmes.

Estava quase terminando, quando parou. Abriu com as mãos um espaço entre os tecidos, tirou a flor da trança e, como poça de sangue em campo de neve, afundou-a na altura do peito, um pouco à esquerda. Em seguida deu os últimos pontos, arrematou, cortou a linha com os dentes. E partiu a agulha, que ninguém mais a usasse.

Só então, com sua voz de canto, chamou o amigo.

Chamou e chamou, até que ele se pôs de pé, sacudiu a cabeçorra e ofereceu-lhe o dorso. Como haviam feito ao longo de tantos caminhos, afastaram-se os dois ondulando, percorreram corredores, desceram escadarias, cruzaram jardins deixando na grama a marca de pesadas patas, e chegaram à estrada.

À noite, no sonho do Senhor uma jovem canta montada num urso.

Abancados diante da caça que acabava de ser assada, hesitaram ainda alguns minutos antes de começar a comer, como se dando tempo para que um urso amestrado se afastasse com sua delicada carga.

E já ia o viajante dar início a mais uma narrativa, quando foi retido por um gesto do Senhor.

– Deixe-nos ficar só com essa por hoje – pediu. E em voz mais baixa – Quem sabe, mel escorre também em nossos sonhos.

A partir dali, e à medida que a muralha se aproximava, uma nova avareza apossou-se do príncipe, levando-o a controlar aquele que havia sido um fluxo livre e abundante. Um conto a cada dia era o quanto permitia. Não mais do que isso. E queria-o cedo, quando comiam o primeiro pão da manhã, quase os saboreasse juntos.

Vermelho, entre os troncos

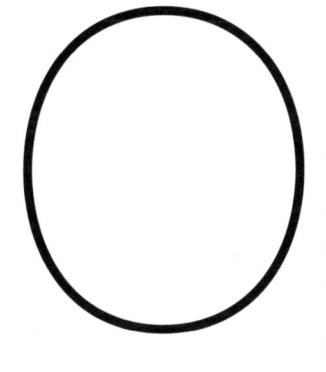s cães à frente. E os jovens a cavalo, e o tinir dos metais. Vozes ao vento. Entre os troncos escuros, o vermelho galopa. A caçada invade com seus sons a floresta.

Um repentino bater de asas, são pássaros em fuga, caça pequena que não interessa aos caçadores. Querem javali, cervo, carne para assar à noite no castelo. Controlam os cavalos atrás dos cães que farejam devassando moitas, os cascos pisoteiam musgos e folhas mortas, resvalam nas pedras. E avançando, os jovens saem do mais denso das árvores, aproximam-se do rio. No rio, uma mulher se banha.

Ela ouviu o barulho e saiu da água, rápida, querendo buscar suas roupas na margem. É assim que eles a descobrem, branca, desprotegida e tão assustada, estendendo o braço para agarrar os panos com que se sentiria quase salva.

Não lhe dão tempo. O cães partem ao ataque. Ela tenta cobrir-se com as mãos, defender-se afastando aqueles dentes, mas o sangue jorra. E ela corre descalça em direção aos arbustos, onde pelo menos a sua nudez estará coberta.

Os moços riem, se chamam, açulam os cães, e eles próprios se lançam, com seus cavalos, no encalço dessa nova caça. Inúteis os arbustos. Nada pode protegê--la. Ela foge, os cavaleiros a perseguem, depois deixam por um instante que se afaste. E quando está quase escapando, o mais belo dos caçadores ergue-se na sela. "É minha!" grita. Os outros retêm seus cavalos. Ele levanta a lança sobre a cabeça, e a arremessa.

Jaz a mulher de borco. Das suas costas, como um fino tronco, nasce a lança. Os caçadores se aproximam. Sem apear, examinam do alto a presa abatida, cavalos e cães pateiam ao seu redor num agitar de ancas e caudas. Mas não há muito o que ver, a perseguição acabou. O vencedor arranca a lança de um tranco, as esporas afundam nos flancos suados, sons e corpos ainda giram em torvelinho, depois se vão. As outras caças serão levadas para o castelo atravessadas sobre os cavalos, gotejando sangue. Essa, não.

Aos poucos, vozes e latidos afundam entre folhas. A floresta volta ao seu silêncio. Nada parece mover-se. Na escuridão que se adensa, o corpo estendido é branco como a lua.

Mas algo se move. Um leve estalar de gravetos, sombras furtivas, o brilho amarelo dos olhos. Com a noite, temerosos a princípio, logo vorazes, chegam os lobos.

É rápido, seu banquete. E são muitos a ter fome. Já poucas manchas de branco palpitam no escuro. Antes que o bando saciado se afaste, uma loba afunda o focinho no peito aberto e colhe o coração, o rubro coração daquele pálido corpo. E com ele entre os dentes se vai, para sua toca, alimentar a única cria.

Mais de uma vez as folhas caíram e tornaram a brotar. Mas hoje não é um grupo que sai para caçar. Os cães ladram, o vermelho se acende entre o negro dos troncos, o bater dos cascos ecoa na floresta. De um só cavalo, porém. Que o mais belo dos jovens vai sozinho.

Pássaros fogem num bater de asas, caça pequena. Os cães farejam, latem, se atropelam seguindo um rastro denso mato adentro. O cavalo abre seu rumo entre os galhos. Súbito, rasgando a escura barreira das folhas, um javali se lança para fora do verde. Vem bufando, desnorteado como se cego. Atrás dele, a matilha. O cavaleiro firma a lança na mão, esporeia o cavalo. Cães avançam sobre o javali, que se esquiva de um lado a outro, tentando escapar. A ponta de ferro desce com fúria, resvala no pelo hirsuto, se mancha de sangue. O animal se torce enfurecido, se volta aos guinchos. Ataca. As presas dilaceram as patas do cavalo. O cavaleiro crava as esporas. O cavalo empina, o javali ataca pelo lado, o cavaleiro se volta na sela, desequilibra o cavalo. O cavalo cai. E por baixo do cavalo, sob o seu peso, está a perna do cavaleiro.

Agora é na direção dele que o javali investe. Dele que não pode se levantar e que perdeu a lança. Dele indefeso. A cabeçorra baixa se aproxima, quase o alcança com suas presas amarelas, quando um movimento novo, um ruído vindo da floresta, interrompe os guinchos. Um instante de hesitação, a cabeçorra se volta, e o javali foge, abandonando sua presa.

Com um sentimento de alívio e de vitória, o cavaleiro pensa que se conseguir afastar um pouco o cavalo, se conseguir puxar a perna, estará salvo. Firma as mãos na terra, ergue os ombros.

Mas algo se move na floresta. Um graveto estala, próximo. À sua frente, uma moita estremece, as folhagens se abrem devagar. E saindo do escuro verde como se saísse da água, uma loba avança pausada na sua direção. Uma loba toda branca, como a lua.

Mais um dia passou. Embora os cavalos parecessem cansados, a muralha já se fazia próxima. E a comitiva entrou em sua sombra como se entrasse em um lago.

Com sua grandíssima fome

No limiar das coisas, onde a noite arma o bote, viviam duas irmãs. Tinham em comum a idade, uma cabana, o único olho de uma, o único dente da outra, e uma fome enorme que nunca se esgotava.

– Deixe-me olhar o mundo para ver onde há comida – pedia a do dente estendendo a mão para o rosto da irmã. E com o olho da outra na palma, rastreava além dos montes e além dos vales.

– Deixe-me saborear esse cordeiro – pedia a do olho estendendo a mão para a boca da irmã. E com o dente na palma, mastigava e mastigava deixando escorrer o sangue pelo braço.

Toc, toc, toc, bateram à porta da cabana em uma noite de tempestade.

Abriu-se no escuro a única pálpebra, abriu-se a bocarra sobre o único dente. Que comida seria essa que vinha se oferecer em meio ao sono? E abriram a porta.

À luz dos relâmpagos, uma moça branca de chuva e de cansaço, com um cachorrinho no colo, pedia guarida. – Só até o dia raiar – acrescentou quase desculpando-se.

– Ora, querida, não há pressa – disse melíflua uma das irmãs, fazendo-lhe gesto para entrar.

– Esteja à vontade – acrescentou a outra, ladina, afastando-se para deixá-la passar.

E a moça entrou.

– Você está tão molhada, e está frio aqui – disse a do dente, já com água na boca, antegozando um bom ensopado. – Minha irmã, vá buscar lenha lá fora para acendermos o fogo.

– Vá você – respondeu a do olho, não querendo afastar-se do jantar.

Com o olho na mão, a outra saiu em busca de lenha sem perceber que o cachorrinho a acompanhava. E estava regressando carregada de achas, quando tropeçou nele e, de susto, abriu a palma deixando o olho cair.

– Maldito cachorro! – exclamou.

Mas por mais que tateasse entre mato e lama, não conseguiu encontrar o olho da irmã.

Às apalpadelas, catou uma das achas no chão, voltou com ela para a cabana.

– Que vês, minha irmã? – perguntou a outra que havia ficado às escuras.

– Vejo a moça tremendo de frio e o fogão esperando fogo – respondeu a do dente, sem querer confessar que havia perdido o olho. Largou a acha na beira do fogão e começou a deslizar os dedos ao redor, procurando os fósforos.

– Deixa eu te ajudar – disse a outra, que já não se aguentava de tanta fome. E aproximou-se do fogão. Porém, sem seu olho, só podia guiar-se pelo tato. E o tato entregou-lhe a acha para que a pusesse sobre as cinzas, mas não lhe disse que a irmã estava bem ao seu lado. Levantou a acha, e deu com ela no rosto que a outra abaixava, quebrando seu único dente.

Tremia a moça de frio abraçada ao seu cachorrinho, sem entender por que as irmãs não acendiam o fogo.

– Pobres velhinhas – pensou – tão bondosas e tão sem jeito.

E levantando-se, foi ela mesma despertar as chamas para aquecer a cabana e iluminá-la.

Olhando adiante, nada mais se via agora senão o despenhadeiro erguido pedra a pedra. Pouca vegetação crescia e a terra úmida afundava sob os cascos. Seguiam em silêncio, mergulhados naquele cheiro de gruta.

Haveria ainda uma última manhã, em que os moços lutariam para acender o fogo com as achas molhadas. E uma última história para levar na lembrança até a fronteira.

23ª

história do viajante

No caminho inexistente

a a filha muda guiando o pai cego quando, depois de muito caminhar, chegaram ao deserto. E sentindo o pai a areia nas sandálias, acreditou ter chegado ao mar e alegrou-se.

O mar estava para sempre gravado na sua memória, disse ele à filha que nunca o havia visto. E contou como podiam ser altas as ondas, e obedientes ao vento. E como, coroadas de espuma, faziam e desfaziam seu penteado. O mar, contou ainda, ocupa nossos olhos por inteiro e, se o vemos nascer, o fim não vemos. O mar sempre se move e sempre está parado. O mar, à noite, veste-se de lua.

O mar pareceu duas vezes belo à menina, pelo que era e pelas palavras do pai. Olhou à sua frente, viu as altas dunas e chamou-as ondas no seu coração. Elas obedeciam ao vento e no alto entregavam-lhe seus cabelos para que os desmanchasse com dedos ligeiros.

Sentaram-se os dois, o pai olhando no escuro o mar que guardava na memória, a filha deixando que o mar de luz sem fim ocupasse todo o espaço do seu olhar. Parado diante dela, ainda assim se movia. E quando a noite chegou, vestiu o cetim que a lua lhe entregava.

Dormiram ali os dois, pai e filha, deitados na areia, sonhando com o que haviam visto. E ao amanhecer seguiram caminho, afastando-se do deserto.

Andaram, que o mundo é vasto. Até que um dia, numa curva do caminho, desembocaram na praia.

O velho, sentindo a areia nas sandálias, alegrou-se, certo de ter chegado ao deserto, talvez o mesmo deserto que atravessara quando jovem.

Sentaram. O deserto, disse o pai à menina, é filho dileto do sol. E a menina olhando à frente, viu os raios deitando na superfície, partindo-se, rejuntando-se, mosaico de sol, e sorriu. Os pés afundam no deserto, acrescentou o pai, e ele acaricia nossos tornozelos. A menina soltou sua mão da dele e foi molhar os pés, deixando que a água lhe acariciasse os tornozelos. O deserto, disse ainda o pai, é plano como um lençol ao vento, sem montanhas, ondeando nas costas das dunas. A menina correu o olhar pela linha do horizonte que nenhuma montanha interrompia, viu as ondas, e em seu coração chamou-as dunas.

No deserto, disse ainda o pai à filha tentando explicar o mundo sobre o qual ela não podia fazer perguntas, anda-se sempre em frente porque não há caminhos, e a pegada do pé direito já se apaga quando o pé esquerdo pisa adiante.

Levantaram-se, caminhando. E porque o velho pisava seguro no deserto da sua lembrança, e porque a menina pisava tranquila no deserto que lhe havia sido entregue pelo pai, seguiram adiante serenos por cima da água que lhes acolhia os pés acarinhando os tornozelos, enquanto suas pegadas se apagavam no caminho inexistente.

Escuro e trancado, o enorme portão quase não se diferenciava das rochas. Ao aproximar-se da comitiva, tambores rufaram, houve um movimento de guarnição, e um pequeno tropel avançou a cavalo para recebê-la.

O destino de olhos amarelos acabava a travessia das terras do jovem Senhor.

Uma porta pequena foi aberta para ele no grande batente. A luz brilhou clara do outro lado. O homem ajeitou a pele de bicho ao redor dos ombros, ergueu-se de leve nos estribos como se buscasse a claridade. Depois aproximou-se para as despedidas.

Mas o leque havia sido posto nas mãos do príncipe, aberto dia a dia, dobra a dobra, pelas narrativas. Fechá-lo parecia agora sem sentido.

Então os pesados batentes foram apartados de par em par, como se uma passagem se desobstruísse na montanha. E a comitiva seguiu em frente, logo aquecida pelo sol.

Sobre a autora

MARINA COLASANTI nasceu em Asmara, na Eritreia, viveu em Trípoli, percorreu a Itália em constantes mudanças e transferiu-se com a família para o Brasil. Viajar foi, desde o início, sua maneira de viver. Por essa razão, aprendeu a ver o mundo com o duplo olhar de quem pertence e ao mesmo tempo é alheio.

A pluralidade de sua vida transmitiu-se à obra. Pintora e gravurista de formação, é também ilustradora de vários de seus livros. Foi publicitária, apresentadora de televisão e traduziu obras fundamentais da literatura. Jornalista e poeta, publicou livros de comportamento e de crônicas. Sua produção para crianças, jovens e adultos é extensa, recebendo numerosas premiações, entre elas o Prêmio Machado de Assis – o mais antigo e importante do país – pelo conjunto da obra, em 2023.

OBRAS PUBLICADAS

Antologia
Um espinho de marfim e outras histórias. Porto Alegre: L&PM, 1999.

Contos
23 histórias de um viajante. São Paulo: Global, 2005.
A morada do ser. Rio de Janeiro: Francisco Alves, 1978. Record, 2005.
Agosto 91, estávamos em Moscou. Com Affonso Romano de Sant'Anna. São Paulo: Melhoramentos, 1991.
Com certeza tenho amor. São Paulo: Global, 2009.
Contos de amor rasgado. Rio de Janeiro: Rocco, 1986.
Do seu coração partido. São Paulo: Global, 2009.
Hora de alimentar serpentes. São Paulo: Global, 2013.
Mais de 100 histórias maravilhosas. São Paulo: Global, 2015.
O leopardo é um animal delicado. Rio de Janeiro: Rocco, 1998.
Penélope manda lembranças. São Paulo: Ática, 2001.
Sereno mundo azul. São Paulo: Global, 2023.
Zooilógico. Rio de Janeiro: Imago, 1975.

Crônicas
A casa das palavras. São Paulo: Ática, 2002.
Eu sei mas não devia. Rio de Janeiro: Rocco, 1996.
Melhores crônicas Marina Colasanti. São Paulo: Global, 2015.
Nada na manga. Rio de Janeiro: Nova Fronteira, 1975.

Citações
De mulheres sobre tudo. Rio de Janeiro: Ediouro, 1995.

Compilação de textos
Esse amor de todos nós. Rio de Janeiro: Rocco, 2000.

Coleções de artigos
A nova mulher. Rio de Janeiro: Nórdica, 1980.
Aqui entre nós. Rio de Janeiro: Rocco, 1988.
Intimidade pública. Rio de Janeiro: Rocco, 1990.
Mulher daqui pra frente. Rio de Janeiro: Nórdica, 1981.
Vinte vezes você. e-book, www.mercatus.com.br.

Ensaios
E por falar em amor. Rio de Janeiro: Rocco, 1984.
Fragatas para terras distantes. Rio de Janeiro: Record, 2004.

Novela fragmentada
Eu sozinha. Rio de Janeiro: Record, 1968. 2. ed. São Paulo: Global, 2018.

Literatura para crianças e jovens
A amizade abana o rabo. São Paulo: Moderna, 2002.
A cidade dos cinco ciprestes. São Paulo: Global, 2019.
A menina arco-íris. 1. ed. Rio de Janeiro: Rocco, 1984. 5. ed. Rio de Janeiro: Ediouro, 2001. São Paulo: Global, 2007.
A moça tecelã. São Paulo: Global, 2004.
Ana Z., aonde vai você? São Paulo: Ática, 1993.
Cada bicho seu capricho. São Paulo: Melhoramentos, 1992. 5. ed. São Paulo: Global, 2002.
Como uma carta de amor. São Paulo: Global, 2014.
Doze reis e a moça no labirinto do vento. Rio de Janeiro: Nórdica, 1982. 9. ed. São Paulo: Global, 2003.
Entre a espada e a rosa. Rio de Janeiro: Salamandra, 1992.
Longe como o meu querer. São Paulo: Ática, 1997.
Mão na massa. Rio de Janeiro: Salamandra, 1990.

Marina Colasanti crônicas para jovens. São Paulo: Global, 2015.

O homem que não parava de crescer. 1. ed. Rio de Janeiro: Ediouro, 1995. 2. ed. São Paulo: Global, 2005.

O lobo e o carneiro no sonho da menina. 1. ed. São Paulo: Cultrix, 1985. São Paulo: Global, 2008.

O menino que achou uma estrela. São Paulo: Melhoramentos, 1988. 5. ed. São Paulo: Global, 2003.

O verde brilha no poço. São Paulo: Melhoramentos, 1986. 5. ed. São Paulo: Global, 2008.

Ofélia, a ovelha. São Paulo: Melhoramentos, 1989. 3. ed. São Paulo: Global, 2003.

Quando a primavera chegar. São Paulo: Global, 2017.

Será que tem asas? São Paulo: Quinteto, 1989.

Um amigo para sempre. São Paulo: Quinteto, 1988.

Um amor sem palavras. São Paulo: Melhoramentos, 1995. 4. ed. São Paulo: Global, 2001.

Uma estrada junto ao rio. São Paulo: Cultrix, 1985.

Uma ideia toda azul. Rio de Janeiro: Nórdica, 1979. 2. ed. São Paulo: Global, 2002.

Poesia

Gargantas abertas. Rio de Janeiro: Rocco, 1998.

O nome da manhã. São Paulo: Global, 2012.

Poesia em 4 tempos. São Paulo: Global, 2008.

Rota de colisão. Rio de Janeiro: Rocco, 1993.

PRÊMIOS

- O Melhor para o Jovem. FNLIJ, 1979, por *Uma ideia toda azul*.
- Grande Prêmio da Crítica em Literatura Infantil. APCA, 1979, por *Uma ideia toda azul*.
- Altamente Recomendável, para o Jovem. FNLIJ, 1982, por *Doze reis e a moça no labirinto do vento*.
- Altamente Recomendável, para crianças. FNLIJ, 1988, por *O menino que achou uma estrela*.
- Altamente Recomendável, para crianças. FNLIJ, 1989, por *Ofélia, a ovelha*.
- Indicação para o Prêmio Jabuti. Câmara Brasileira do Livro, 1991, por *A mão na massa*.
- Menção Especial Prêmio Genolino Amado (livro publ. de crônicas). UBE, 1992, por *Intimidade pública*.
- O Melhor Para o Jovem. FNLIJ, 1993, por *Entre a espada e a rosa*.
- Prêmio Jabuti. Câmara Brasileira do Livro, 1993, por *Entre a espada e a rosa*.
- Concurso Latinoamericano de Cuentos para Niños (prêmio único). Funcec/Unicef, Costa Rica, 1994, por *La muerte y el rei*.
- Prêmio Jabuti. Câmara Brasileira do Livro, 1994, por *Rota de colisão*.
- Prêmio Jabuti. Câmara Brasileira do Livro, 1994, por *Ana Z., aonde vai você?*
- Melhor Livro do Ano. Câmara Brasileira do Livro, 1994, por *Ana Z., aonde vai você?*

- O Melhor Para o Jovem. FNLIJ, 1994, por *Ana Z., aonde vai você?*
- Prêmio Norma-Fundalectura – 1996, por *Lejos como mi querer.*
- Altamente Recomendável, para jovens. FNLIJ, 1998, por *Longe como o meu querer.*
- Mejor del Año. Banco del Libro, Venezuela, 1998, por *Lejos como mi querer.*
- Prêmio Jabuti. Câmara Brasileira do Livro, 1997, por *Eu sei mas não devia.*
- Orígenes Lessa – O Melhor para o Jovem. *Hors Concours*, FNLIJ, 2001, por *Penélope manda lembranças.*
- Orígenes Lessa – O Melhor para o Jovem. *Hors Concours*, FNLIJ, 2002, por *A casa das palavras.*
- Monteiro Lobato – Melhor Tradução Criança. *Hors Concours.* FNLIJ, 2002, por *As aventuras de Pinóquio.*
- Premio Alberto Burnichon, al libro mejor editado en Córdoba. 2003/2004, por *Ruta de colisión.*
- IBBY Honour List. FNLIJ, 2004, pela tradução de *As aventuras de Pinóquio.*
- Odylo Costa Filho – Melhor Livro de Poesia. *Hors Concours*, FNLIJ, 2008, por *Minha ilha maravilha.*
- Prêmio Alphonsus de Guimarães – Poesia, 2009, por *Passageira em trânsito.*
- O Melhor Para o Jovem. *Hors Concours*, FNLIJ, 2010, por *Com certeza tenho amor.*
- Prêmio Machado de Assis da Academia Brasileira de Letras (ABL), 2023, pelo conjunto de sua obra.

OBRAS DE MARINA COLASANTI PELA GLOBAL EDITORA

23 histórias de um viajante
A cidade dos cinco ciprestes
A menina arco-íris
A moça tecelã
Cada bicho seu capricho
Com certeza tenho amor
Como uma carta de amor
Do seu coração partido
Doze reis e a moça no labirinto do vento
Eu sozinha
Hora de alimentar serpentes
Mais de 100 histórias maravilhosas
Marina Colasanti crônicas para jovens

Melhores crônicas Marina Colasanti
O homem que não parava de crescer
O lobo e o carneiro no sonho da menina
O menino que achou uma estrela
O nome da manhã
O verde brilha no poço
Ofélia, a ovelha
Poesia em 4 tempos
Quando a primavera chegar
Sereno mundo azul
Um amor sem palavras
Uma ideia toda azul

Em espanhol
La joven tejedora
Un amor sin palabras
Un verde brilla en el pozo